Tucholsky   Wagner   Zola   Scott   Freud   Schlegel
  Turgenev   Wallace   Fonatne Sydow
    Twain   Walther von der Vogelweide   Fouqué   Friedrich II. von Preußen
                  Weber   Freiligrath   Frey
Fechner   Fichte Weiße Rose   von Fallersleben Kant   Ernst   Frommel
                                                      Richthofen
            Engels   Fielding   Hölderlin
  Fehrs   Faber   Flaubert   Eichendorff   Tacitus   Dumas
                                            Eliasberg   Ebner Eschenbach
Feuerbach   Maximilian I. von Habsburg Fock   Zweig
              Ewald   Eliot   Vergil
    Goethe   Elisabeth von Österreich   London
Mendelssohn Balzac   Shakespeare   Dostojewski   Ganghofer
              Lichtenberg   Rathenau   Doyle   Gjellerup
   Trackl   Stevenson   Hambruch
Mommsen   Thoma   Tolstoi   Lenz   Hanrieder Droste-Hülshoff
Dach   Verne   von Arnim   Hägele   Hauff   Humboldt
   Karrillon Reuter   Rousseau   Hagen   Hauptmann   Gautier
              Garschin
     Damaschke   Defoe   Hebbel   Baudelaire
                  Descartes   Hegel   Kussmaul Herder
Wolfram von Eschenbach   Dickens   Schopenhauer   Rilke   George
    Bronner   Darwin   Melville   Grimm Jerome   Bebel   Proust
    Campe   Horváth   Aristoteles
Bismarck Vigny   Barlach   Voltaire Federer   Herodot
              Gengenbach   Heine
   Storm   Casanova   Lessing Tersteegen   Gilm Grillparzer Georgy
            Chamberlain   Langbein   Gryphius
Brentano   Lafontaine
  Strachwitz Claudius   Schiller   Kralik Iffland Sokrates
     Katharina II. von Rußland Bellamy Schilling
                       Gerstäcker   Raabe Gibbon   Tschechow
Löns   Hesse   Hoffmann   Gogol   Wilde   Gleim   Vulpius
  Luther Heym Hofmannsthal   Klee Hölty Morgenstern   Goedicke
       Roth   Heyse Klopstock   Puschkin Homer   Kleist
Luxemburg   La Roche   Horaz   Mörike   Musil
  Machiavelli   Kierkegaard Kraft   Kraus
Navarra Aurel   Musset   Moltke
Nestroy Marie de France Lamprecht Kind Kirchhoff Hugo
                       Laotse   Ipsen Liebknecht
  Nietzsche   Nansen   Ringelnatz
     Marx   Lassalle Gorki   Klett   Leibniz
von Ossietzky   May   vom Stein Lawrence   Irving
Petalozzi   Knigge
     Platon   Pückler Michelangelo   Kock   Kafka
  Sachs Poe   Liebermann   Korolenko
     de Sade Praetorius Mistral   Zetkin

Der Verlag tredition aus Hamburg veröffentlicht in der Reihe **TREDITION CLASSICS** Werke aus mehr als zwei Jahrtausenden. Diese waren zu einem Großteil vergriffen oder nur noch antiquarisch erhältlich.

Symbolfigur für **TREDITION CLASSICS** ist Johannes Gutenberg (1400 — 1468), der Erfinder des Buchdrucks mit Metalllettern und der Druckerpresse.

Mit der Buchreihe **TREDITION CLASSICS** verfolgt tredition das Ziel, tausende Klassiker der Weltliteratur verschiedener Sprachen wieder als gedruckte Bücher aufzulegen – und das weltweit!

Die Buchreihe dient zur Bewahrung der Literatur und Förderung der Kultur. Sie trägt so dazu bei, dass viele tausend Werke nicht in Vergessenheit geraten.

Das Schloß Dürande

Erzählung (1837)

Joseph Freiherr von Eichendorff

Impressum

Autor: Joseph Freiherr von Eichendorff
Umschlagkonzept: toepferschumann, Berlin

Verlag: tredition GmbH, Hamburg
ISBN: 978-3-8424-6969-3
Printed in Germany

In der schönen Provence liegt ein Tal zwischen waldigen Bergen, die Trümmer des alten Schlosses Dürande sehen über die Wipfel in die Einsamkeit hinein; von der andern Seite erblickt man weit unten die Türme der Stadt Marseille; wenn die Luft von Mittag kommt, klingen bei klarem Wetter die Glocken herüber, sonst hört man nichts von der Welt. In diesem Tale standen ehemals ein kleines Jägerhaus, man sahs vor Blüten kaum, so überwaldet wars und weinumrankt bis an das Hirschgeweih über dem Eingang: in stillen Nächten, wenn der Mond hell schien, kam das Wild oft weidend bis auf die Waldeswiese vor der Tür. Dort wohnte dazumal der Jäger Renald, im Dienst des alten Grafen Dürande, mit seiner jungen Schwester Gabriele ganz allein, denn Vater und Mutter waren lange gestorben.

In jener Zeit nun geschah es, daß Renald einmal an einem schwülen Sommerabend, rasch von den Bergen kommend, sich nicht weit von dem Jägerhaus mit seiner Flinte an den Saum des Waldes stellte. Der Mond beglänzte die Wälder, es war so unermeßlich still, nur die Nachtigallen schlugen tiefer im Tal, manchmal hörte man einen Hund bellen aus den Dörfern oder den Schrei des Wildes im Walde. Aber er achtete nicht darauf, er hatte heut ein ganz anderes Wild auf dem Korn. Ein junger, fremder Mann, so hieß es, schleiche abends heimlich zu seiner Schwester, wenn er selber weit im Forst; ein alter Jäger hatte es ihm gestern vertraut, der wußte es vom Waldhüter, dem hatt es ein Köhler gesagt. Es war ihm ganz unglaublich, wie sollte sie zu der Bekanntschaft gelangt sein? Sie kam nur Sonntags in die Kirche, wo er sie niemals aus den Augen verlor. Und doch wurmte ihn das Gerede, er konnte sichs nicht aus dem Sinn schlagen, er wollte endlich Gewißheit haben. Denn der Vater hatte sterbend ihm das Mädchen auf die Seele gebunden, er hätte sein Herzblut gegeben für sie.

So drückte er sich lauernd an die Bäume im wechselnden Schatten, den die vorüberfliegenden Wolken über den stillen Grund warfen. Auf einmal aber hielt er den Atem an, es regte sich am Hause, und zwischen den Weinranken schlüpfte eine schlanke Gestalt hervor; er erkannte sogleich seine Schwester an dem leichten Gang; o mein Gott, dachte er, wenn alles nicht wahr wäre! Aber in demselben Augenblick streckte sich ein langer, dunkler Schatten neben ihr über den mondbeschienenen Rasen, ein hoher Mann trat rasch aus dem Hause, dicht in einen schlechten grünen Mantel gewickelt wie ein Jäger. Er konnte ihn nicht erkennen, auch sein Gang war ihm durchaus fremd; es flimmerte ihm vor den Augen, als könnte er sich in einem schweren Traume noch nicht recht besinnen.

Das Mädchen aber, ohne sich umzusehen, sang mit fröhliches Stimme, daß es dem Renald wie ein Messer durchs Herz ging:

«Ein Gems auf dem Stein,
Ein Vogel im Flug,
Ein Mädel, das klug,
Kein Bursch holt die ein!»

«Bist du toll!» rief der Fremde, rasch hinzuspringend.

«Es ist dir schon recht», entgegnete sie lachend, «so werd ich dirs immer machen; wenn du nicht artig bist, sing ich aus Herzensgrund.» Sie wollte von neuem singen, er hielt ihr aber voll Angst mit der Hand den Mund zu. Da sie so nahe vor ihm stand, betrachtete sie ihn ernsthaft im Mondschein. «Du hast eigentlich recht falsche Augen», sagte sie; «nein, bitte mich nicht wieder so schön, sonst sehen wir uns niemals wieder, und das tut uns beiden leid.» – «Herr Jesus!» schrie sie auf einmal; denn sie sah plötzlich den Bruder hinterm Baum nach dem Fremden zielen. – Da, ohne sich zu besinnen, warf sie sich hastig dazwischen, so daß sie, den Fremden umklammernd, ihn ganz mit ihrem Leibe bedeckte. Renald zuckte, da ers sah, aber es war zu spät, der Schuß fiel, daß es tief durch die Nacht widerhallte. Der Unbekannte richtete sich in dieser Verwirrung hoch empor, als wäre er plötzlich größer geworden, und riß zornig ein Taschenpistol aus dem Mantel; da kam ihm auf einmal das Mädchen so bleich vor, er wußte nicht, war es vom Mondlicht oder vom Schreck. «Um Gottes willen», sagte er, «bist du getroffen?»

«Nein, nein», erwiderte Gabriele, ihm unversehens und herzhaft das Pistol aus der Hand windend, und drängte ihn heftig fort. «Dorthin», flüsterte sie, «rechts über den Steg am Fels, nur fort, schnell fort!»

Der Fremde war schon zwischen den Bäumen verschwunden, als Renald zu ihr trat. «Was machst du da für dummes Zeug!» rief sie ihm entgegen und verbarg rasch Arm und Pistol unter der Schürze. Aber die Stimme versagte ihr, als er nun dicht vor ihr stand und sie sein bleiches Gesicht bemerkte. Er zitterte am ganzen Leibe, und auf seiner Stirn zuckte es zuweilen, wie wenn es von fern blitzte. Da gewahrte er plötzlich einen blutigen Streif an ihrem Kleide. «Du bist verwundet», sagte er erschrocken, und doch wars, als würde ihm wohler beim Anblick des Bluts; er wurde sichtbar milder und führte sie schweigend in das Haus. Dort pinkte er schnell Licht an, es fand sich, daß die Kugel ihr nur leicht den rechten Arm gestreift; er trocknete und verband die Wunde, sie sprachen beide kein Wort miteinander. Gabriele hielt den Arm fest hin und sah trotzig vor sich nieder, denn sie konnte gar nicht begreifen, warum er böse sei; sie fühlte sich so rein von aller Schuld, nur die Stille jetzt unter ihnen wollte ihr das Herz abdrücken, und sie atmete tief auf, als er endlich fragte: wer es gewesen? – Sie beteuerte nun, daß sie das nicht wisse, und erzählte, wie er an einem schönen Sonntagsabend, als sie eben allein vor der Tür gesessen, zum ersten Male von den Bergen gekommen und sich zu ihr gesetzt und dann am folgenden Abend wieder und immer wieder gekommen, und wenn sie ihn fragte, wer er sei, nur lachend gesagt: ihr Liebster.

Unterdes hatte Renald unruhig ein Tuch aufgehoben und das Pistol entdeckt, das sie darunter verborgen hatte. Er erschrak auf das heftigste und betrachtete es dann aufmerksam von allen Seiten. «Was hast du damit?» sagte sie erstaunt; «wem gehört es?» Da hielt ers ihr plötzlich am Licht vor die Augen: «Und du kennst ihn wahrhaftig nicht?» Sie schüttelte mit dem Kopfe.

«Ich beschwöre dich bei allen Heiligen», hub er wieder an, «sag mir die Wahrheit.»

Da wandte sie sich auf die andere Seite. «Du bist heute rasend», erwiderte sie, «ich will dir gar keine Antwort mehr geben.»

Das schien ihm das Herz leichter zu machen, daß sie ihren Liebsten nicht kannte, er glaubte es ihr, denn sie hatte ihn noch niemals belogen. Er ging nun einige Male finster in der Stube auf und nieder. «Gut, gut», sagte er dann, «meine arme Gabriele, so mußt du gleich morgen zu unserer Muhme ins Kloster; mach dich zurecht, morgen, ehe der Tag graut, führ ich dich hin.» Gabriele erschrak innerlichst, aber sie schwieg und dachte: kommt Tag, kommt Rat. Renald aber steckte das Pistol zu sich und sah noch einmal nach ihrer Wunde, dann küßte er sie noch herzlich zur guten Nacht.

Als sie endlich allein in ihrer Schlafkammer war, setzte sie sich angekleidet aufs Bett und versank in ein tiefes Nachsinnen. Der Mond schien durchs offene Fenster auf die Heiligenbilder an der Wand, im stillen Gärtchen draußen zitterten die Blätter in den Bäumen. Sie wand ihre Haarflechten auf, daß ihr die Locken über Gesicht und Achseln herabrollten, und dachte vergeblich nach, wen ihr Bruder eigentlich im Sinn habe und warum er vor dem Pistol so sehr erschrocken – es war ihr alles wie im Traume. Da kam es ihr ein paarmal vor, als ginge draußen jemand sachte ums Haus. Sie lauschte am Fenster, der Hund im Hofe schlug an, dann war alles wieder still. Jetzt bemerkte sie erst, daß auch ihr Bruder noch wach war; anfangs glaubte sie, er rede im Schlaf, dann aber hörte sie deutlich, wie er auf seinem Bett vor Weinen schluchzte. Das wandte ihr das Herz, sie hatte ihn noch niemals weinen gesehen, es war ihr nun selber, als hätte sie was verbrochen. In dieser Angst beschloß sie, ihm seinen Willen zu tun; sie wollte wirklich nach dem Kloster gehen, die Priorin war ihre Muhme, der wollte sie alles sagen und sie um ihren Rat bitten. Nur das war ihr unerträglich, daß ihr Liebster nicht wissen sollte, wohin sie gekommen. Sie wußte wohl, wie herzhaft er war und besorgt um sie; der Hund hatte vorhin gebellt, im Garten hatte es heimlich geraschelt wie Tritte, wer weiß, ob er nicht nachsehen wollte, wie es ihr ging nach dem Schrecken. – Gott, dachte sie, wenn er noch draußen stünd! – Der Gedanke verhielt ihr fast den Atem. Sie schnürte sogleich eilig ihr Bündel, dann schrieb sie für ihren Bruder mit Kreide auf den Tisch, daß sie noch heute allein ins Kloster fortgegangen. Die Türen waren nur angelehnt, da schlich sie vorsichtig und leise aus der Kammer über den Hausflur in den Hof, der Hund sprang freundlich an ihr herauf, sie hatte Not, ihn am Pförtchen zurückzuweisen; so trat sie endlich mit klopfendem Herzen ins Freie.

Draußen schaute sie sich tief aufatmend nach allen Seiten um, ja, sie wagte es sogar, noch einmal bis an den Gartenzaun zurückzugehen, aber ihr Liebster war nirgends zu sehen, nur die Schatten der Bäume schwankten ungewiß über den Rasen. Zögernd betrat sie nun den Wald und blieb immer wieder stehen und lauschte; es war alles so still, daß ihr graute in der großen Einsamkeit. So mußte sie nun endlich doch weitergehen und zürnte heimlich im Herzen auf ihren Schatz, daß er sie in ihrer Not so zaghaft verlassen. Seitwärts im Tal aber lagen die Dörfer in tiefer Ruh. Sie kam am Schloß des Grafen Dürande vorbei, die Fenster leuchteten im Mondschein herüber, im herrschaftlichen Garten schlugen die Nachtigallen und rauschten die Wasserkünste; das kam ihr so traurig vor, sie sang für sich das alte Lied:

> Gut Nacht, mein Vater und Mutter,
> Wie auch mein stolzer Bruder,
> Ihr seht mich nimmermehr!
> Die Sonne ist untergegangen
> Im tiefen, tiefen Meer.

Der Tag dämmerte noch kaum, als sie endlich am Abhange der Waldberge bei dem Kloster anlangte, das mit verschlossenen Fenstern, noch wie träumend, zwischen kühlen, duftigen Gärten lag. In der Kirche aber sangen die Nonnen soeben ihre Metten durch die weite Morgenstille, nur einzelne, früh erwachte Lerchen draußen stimmten schon mit ein in Gottes Lob. Gabriele wollte abwarten, bis die Schwestern aus der Kirche zurückkämen, und setzte sich unterdes auf die breite Kirchhofsmauer. Da fuhr ein zahmer Storch, der dort übernachtet, mit seinem langen Schnabel unter den Flügeln hervor und sah sie mit den klugen Augen verwundert an; dann schüttelte er in der Kühle sich die Federn auf und wandelte mit stolzen Schritten wie eine Schildwacht den Mauerkranz entlang. Sie aber war so müde und überwacht, die Bäume über ihr säuselten noch so schläfrig, sie legte den Kopf auf ihr Bündel und schlummerte unter den Blüten ein, womit die alte Linde sie bestreute.

Als sie aufwachte, sah sie eine hohe Frau in faltigen Gewändern über sich gebeugt, der Morgenstern schimmerte durch ihren langen Schleier, es war ihr, als hätt im Schlaf die Mutter Gottes ihren Sternenmantel um sie geschlagen. Da schüttelte sie erschrocken die Blütenflocken aus dem Haar und erkannte ihre geistliche Muhme, die zu ihrer Verwunderung, als sie aus der Kirche kam, die Schlafende auf der Mauer gefunden. Die Alte sah ihr freundlich in die schönen, frischen Augen. «Ich hab dich gleich daran erkannt», sagte sie, «als wenn mich deine selige Mutter ansähe!» – Nun mußte sie ihr Bündel nehmen, und die Priorin schritt eilig ins Kloster voraus; sie gingen durch kühle, dämmernde Kreuzgänge, wo soeben noch die weißen Gestalten einzelner Nonnen wie Geister vor der Morgenluft lautlos verschlüpften. Als sie in die Stube traten, wollte Gabriele sogleich ihre Geschichte erzählen, aber sie kam nicht dazu. Die Priorin, so lange wie auf eine selige Insel verschlagen, hatte so viel zu erzählen und zu fragen von dem jenseitigen Ufer ihrer Jugend und konnte sich nicht genug verwundern, denn alle ihre Freunde waren seitdem alt geworden oder tot, und eine andere Zeit hatte alles verwandelt, die sie nicht mehr verstand. Geschäftig in redseliger Freude strich sie ihrem lieben Gast die Locken aus der glänzenden Stirn wie einem kranken Kinde, holte aus einem altmodischen, künstlich geschnitzten Wandschrank Rosinen und allerlei Naschwerk und fragte und plauderte immer wieder. Frische Blumensträuße standen in bunten Krügen am Fenster, ein Kanarienvogel schmetterte gellend dazwischen, denn die Morgensonne funkelte draußen schon durch die Wipfel und vergoldete wunderbar die Zelle, das Betpult und die schwergewirkten Lehnstühle; Gabriele lächelte fast betroffen wie in eine neue, ganz fremde Welt hinein.

Noch an demselben Tage kam auch Renald zum Besuch; sie freute sich außerordentlich, es war ihr, als hätte sie ihn ein Jahr lang nicht gesehn. Er lobte ihren raschen Entschluß von heute nacht und sprach dann viel und heimlich mit der Priorin; sie horchte ein paarmal hin, sie hätte so gern gewußt, wer ihr Geliebter sei, aber sie konnte nichts erfahren. Dann mußte sie auch wieder heimlich lachen, daß die Priorin so geheimnisvoll tat, denn sie merkt es wohl, sie wußt es selber nicht. – Es war indes beschlossen worden, daß sie fürs erste noch im Kloster bleiben sollte. Renald war zerstreut und eilig, er nahm bald wieder Abschied und versprach, sie abzuholen, sobald die rechte Zeit gekommen.

Aber Woche auf Woche verging, und die rechte Zeit war noch immer nicht da. Auch Renald kam immer seltener und blieb endlich ganz aus, um dem ewigen Fragen seiner Schwester nach ihrem Schatze auszuweichen, denn er konnte oder mochte ihr nichts von ihm sagen. Die Priorin wollte die arme Gabriele trösten, aber sie hatt es nicht nötig, so wunderbar war das Mädchen seit jener Nacht verwandelt. Sie fühlte sich, seit sie von ihrem Liebsten getrennt, als seine Braut vor Gott, der wolle sie bewahren. Ihr ganzes Dichten und Trachten ging nun darauf, ihn selber auszukundschaften, da ihr niemand beistand in ihrer Einsamkeit. Sie nahm sich daher eifrig der Klosterwirtschaft an, um mit den Leuten in der Gegend bekannt zu werden; sie ordnete alles in Küche, Keller und Garten, alles gelang ihr, und wie sie so sich selber half, kam eine stille Zuversicht über sie wie Morgenrot, es war ihr immer, als müßt ihr Liebster plötzlich einmal aus dem Walde zu ihr kommen.

Damals saß sie eines Abends noch spät mit der jungen Schwester Renate am offenen Fenster der Zelle, aus dem man in den stillen Klostergarten und über die Gartenmauer weit ins Land sehen konnte. Die Heimchen zirpten unten auf den frischgemähten Wiesen, überm Walde blitzte es manchmal aus weiter Ferne. Da läßt mein Liebster mich grüßen, dachte Gabriele bei sich. – Aber Renate blickte verwundert hinaus; sie war lange nicht wach gewesen um diese Zeit. «Sieh nur», sagte sie, «wie draußen alles anders aussieht im Mondschein, der dunkle Berg drüben wirft seinen Schatten bis an unser Fenster, unten erlischt ein Lichtlein nach dem andern im Dorfe. Was schreit da für ein Vogel?» – «Das ist das Wild im Walde», meinte Gabriele.

«Wie du auch so allein im Dunkeln durch den Wald gehen kannst», sagte Renate wieder; «ich stürbe vor Furcht. Wenn ich so manchmal durch die Scheiben hinaussehe in die tiefe Nacht, dann ist mir immer so wohl und sicher in meiner Zelle wie unterm Mantel der Mutter Gottes.»

«Nein», entgegnete Gabriele, «ich möcht mich gern einmal bei Nacht verirren recht im tiefsten Wald, die Nacht ist wie im Traum so weit und still, als könnt man über die Berge reden mit allen, die man lieb hat in der Ferne. Hör nur, wie der Fluß unten rauscht und die Wälder, als wollten sie auch mit uns sprechen und könnten nur nicht recht! Da fällt mir immer ein Märchen ein dabei, ich weiß nicht, hab ichs gehört oder hat mirs geträumt.» «Erzähl mir doch, ich bete unterdes meinen Rosenkranz fertig», sagte die Nonne, und Gabriele setzte sich fröhlich auf die Fußbank vor ihr, wickelte vor der kühlen Nachtluft die Arme in ihre Schürze und begann sogleich folgendermaßen:

«Es war einmal eine Prinzessin in einem verzauberten Schlosse gefangen, das schmerzte sie sehr, denn sie hatte einen Bräutigam, der wußte gar nicht, wohin sie gekommen war, und sie konnte ihm auch kein Zeichen geben, denn die Burg hatte nur ein einziges, festverschlossenes Tor nach einem tiefen, tiefen Abhang hin, und das Tor bewachte ein entsetzlicher Riese, der schlief und trank und sprach nicht, sondern ging nur immer Tag und Nacht vor dem Tore auf und nieder wie der Perpendikel einer Turmuhr. Sonst lebte sie ganz herrlich in dem Schloß; da war Saal an Saal, einer immer prächtiger als der andere, aber niemand drin zu sehen und zu hören, kein Lüftchen ging und kein Vogel sang in den verzauberten Bäumen im Hofe, die Figuren auf den Tapeten waren schon ganz krank und bleich geworden in der Einsamkeit, nur manchmal warf sich das trockne Holz an den Schränken vor Langeweile, daß es weit durch die öde Stille schallte, und auf der hohen Schloßmauer draußen stand ein Storch, wie eine Vedette, den ganzen Tag auf einem Bein.»

«Ach, ich glaube gar, du stichelst auf unser Kloster», sagte Renate. Gabriele lachte und erzählte munter fort:

«Einmal aber war die Prinzessin mitten in der Nacht aufgewacht, da hörte sie ein seltsames Sausen durch das ganze Haus. Sie sprang erschrocken ans Fenster und bemerkte zu ihrem großen Erstaunen, daß es der Riese war, der eingeschlafen vor dem Tore lag und mit solcher grausamer Gewalt schnarchte, daß alle Türen, sooft er den Atem einzog und wieder ausstieß, von dem Zugwind klappend auf und zu flogen. Nun sah sie auch, sooft die Tür nach dem Saale aufging, mit Verwunderung, wie die Figuren auf den Tapeten, denen die Glieder schon ganz eingerostet waren von dem langen Stillstehen, sich langsam dehnten und reckten; der Mond schien hell über den Hof, da hörte sie zum erstenmal die verzauberten Brunnen rauschen, der steinerne Neptun unten saß auf dem Rand der Wasserkunst und strählte sich sein Binsenhaar; alles wollte die Gelegenheit benutzen, weil der Riese schlief; und der steife Storch machte so wunderliche Kapriolen auf der Mauer, daß sie lachen mußte, und hoch auf dem Dache drehte sich der Wetterhahn und schlug mit den Flügeln und rief immerfort: ‹Kick, kick dich um, ich seh ihn gehn, ich sag nicht wen!› Am Fenster aber sang lieblich der Wind: ‹Komm mit geschwind!› und die Bächlein schwatzten draußen untereinander im Mondglanz, wie wenn der Frühling anbrechen sollte, und sprangen glitzernd und wispernd über die Baumwurzeln: ‹Bist du bereit? wir haben nicht Zeit, weit, weit, in die Waldeinsamkeit!› – ‹Nun, nun, mir Geduld, ich komm ja schon›, sagte die Prinzessin ganz erschrocken und vergnügt, nahm schnell ihr Bündel unter den Arm und trat vorsichtig aus dem Schlafzimmer; zwei Mäuschen kamen ihr atemlos nach und brachten ihr noch den Fingerhut, den sie in der Eile vergessen. Das Herz klopfte ihr, denn die Brunnen im Hofe rauschten schon wieder schwächer, der Flußgott streckte sich taumelnd wieder zum Schlafe zurecht, auch der Wetterhahn drehte sich nicht mehr; so schlich sie leise die stille Treppe hinab.»

«Ach Gott! wenn der Riese jetzt aufwacht!» sagte Renate ängstlich.

«Die Prinzessin hatte auch Angst genug», fuhr Gabriele fort, «Sie hob sich das Röckchen, daß sie nicht an seinen langen Sporen hängenblieb, stieg geschickt über den einen, dann über den andern Stiefel, und noch einen herzhaften Sprung – jetzt stand sie draußen am Abhang. Da aber wars einmal schön! da flogen die Wolken und rauschte der Strom und die prächtigen Wälder im Mondschein, und auf dem Strom fuhr ein Schifflein, saß ein Ritter darin.»

«Das ist ja gerade wie jetzt hier draußen», unterbrach sie Renate, «da fährt auch noch einer im Kahn dicht unter unserm Garten; jetzt stößt er ans Land.» «Freilich», sagte Gabriele mutwillig und setzte sich ins Fenster und wehte mit ihrem weißen Schnupftuch hinaus. – «Und grüß dich Gott», rief da die Prinzessin, «grüß dich Gott in die weite, weite Fern, es ist ja keine Nacht so still und tief als meine Lieb!»

Renate faßte sie lachend um den Leib, um sie zurückzuziehen. – «Herr Jesus!» schrie sie da plötzlich auf, «ein fremder Mann, dort an der Mauer hin!» – Gabriele ließ erschrocken ihr Tuch sinken, es flatterte in den Garten hinab. Ehe sie sich aber noch besinnen konnte, hatte Renate schon das Fenster geschlossen; sie war voll Furcht, sie mochte nichts mehr von dem Märchen hören und trieb Gabrielen hastig aus der Tür, über den stillen Gang in ihre Schlafkammer.

Gabriele aber, als sie allein war, riß noch rasch in ihrer Zelle das Fenster auf. Zu ihrem Schreck bemerkte sie nun, daß das Tuch unten von dem Strauche verschwunden war, auf den es vorhin geflogen. Ihr Herz klopfte heftig, sie legte sich hinaus, so weit sie nur konnte, da glaubte sie draußen den Fluß wieder aufrauschen zu hören, darauf schallte Ruderschlag unten im Grunde, immer ferner und schwächer, dann alles, alles wieder still – so blieb sie verwirrt und überrascht am Fenster, bis das erste Morgenlicht die Bergesgipfel rötete.

Bald darauf traf der Namenstag der Priorin, ein Fest, worauf sich alle Hausbewohner das ganze Jahr hindurch freuten; denn auf diesen Tag war zugleich die jährliche Weinlese auf einem nahegelegenen Gute des Klosters festgesetzt, an welcher die Nonnen mit teilnahmen. Da verbreitete sich, als der Morgenstern noch durch die Lindenwipfel in die kleinen Fenster hineinfunkelte, schon eine ungewohnte, lebhafte Bewegung durch das ganze Haus, im Hofe wurden die Wagen von dem alten Staube gereinigt, in ihren besten blütenweißen Gewändern sah man die Schwestern in allen Gängen geschäftig hin und her eilen; einige versahen noch ihre Kanarienvögel sorgsam mit Futter, andere packten Taschen und Schachteln, als gälte es eine wochenlange Reise. – Endlich wurde von dem zahlreichen Hausgesinde ausführlich Abschied genommen, die Kutscher knallten, und die Karawane setzte sich langsam in Bewegung. Gabriele fuhr nebst einigen auserwählten Nonnen an der Seite der Priorin in einem mit vier alten, dicken Rappen bespannten Staatswagen, der mit seinem altmodischen, vergoldeten Schnitzwerk einem chinesischen Lusthause gleichsah. Es war ein klarer, heiterer Herbstmorgen, das Glockengeläute vom Kloster zog weit durchs stille Land, der Altweibersommer flog schon über die Felder, überall grüßten die Bauern ehrerbietig den ihnen wohlbekannten geistlichen Zug.

Wer aber beschreibt nun die große Freude auf dem Gratialgute, die fremden Berge, Täler und Schlösser umher, das stille Grün und den heitern Himmel darüber, wie sie da in dem mit Astern ausgeschmückten Gartensaal um eine reichliche Kollation vergnügt auf den altfränkischen Kanapees sitzen und die Morgensonne die alten Bilder römischer Kirchen und Päläste an den Wänden bescheint und vor den Fenstern die Sperlinge sich lustig tummeln und lärmen im Laub, während draußen weißgekleidete Dorfmädchen unter den schimmernden Bäumen vor der Tür ein Ständchen singen.

Die Priorin aber ließ die Kinder hereinkommen, die scheu und neugierig in dem Saal umherschauten, in den sie das ganze Jahr über nur manchmal heimlich durch die Ritzen der verschlossenen Fensterladen geguckt hatten. Sie streichelte und ermahnte sie freundlich, freute sich, daß sie in dem Jahre so gewachsen, und gab dann jedem aus ihrem Gebetbuch ein buntes Heiligenbild und ein großes Stück Kuchen dazu.

Jetzt aber ging die rechte Lust der Kleinen erst an, da nun wirklich zur Weinlese geschritten wurde, bei der sie mithelfen und naschen durften. Da belebte sich allmählich der Garten, fröhliche Stimmen da und dort, geputzte Kinder, die große Trauben trugen, flatternde Schleier und weiße, schlanke Gestalten zwischen den Rebengeländern schimmernd und wieder verschwindend, als wanderten Engel über den Berg. Die Priorin saß unterdes vor der Haustür und betete ihr Brevier und schaute oft über das Buch weg nach den vergnügten Schwestern; die Herbstsonne schien warm und kräftig über die stille Gegend, und die Nonnen sangen bei der Arbeit:

Es ist nun der Herbst gekommen,
Hat das schöne Sommerkleid
Von den Feldern weggenommen
Und die Blätter ausgestreut,
Vor dem bösen Winterwinde
Deckt er warm und sachte zu
Mit dem bunten Laub die Gründe,
Die schon müde gehn zur Ruh.

Einzelne verspätete Wandervögel zogen noch über den Berg und
schwatzten vom Glanz der Ferne, was die glücklichen Schwestern
nicht verstanden. Gabriele aber wußte wohl, was sie sangen, und
ehe die Priorin sichs versah, war sie auf die höchste Linde geklet-
tert; da erschrak sie, wie so groß und weit die Welt war. – Die Priorin schalt sie aus und nannte sie ihr wildes Waldvögelein. Ja, dachte
Gabriele, wenn ich ein Vöglein wäre! Dann fragte die Priorin, ob sie
von da oben das Schloß Dürande überm Walde sehen könne? «Alle
die Wälder und Wiesen», sagte sie, «gehören dem Grafen Dürande;
er grenzt hier an, das ist ein reicher Herr!» Gabriele aber dachte an
ihren Herrn, und die Nonnen sangen wieder:

Durch die Felder sieht man fahren
Eine wunderschöne Frau,
Und von ihren langen Haaren
Goldne Fäden auf der Au

Spinnet sie und singt im Gehen:
Eia, meine Blümelein,
Nicht nach andern immer sehen,
Eia, schlafet, schlafet ein!

«Ich höre Waldhörner!» rief hier plötzlich Gabriele; es verhielt ihr
fast den Atem vor Erinnerung an die alte, schöne Zeit. – «Komm
schnell herunter, mein Kind», rief ihr die Priorin zu. Aber Gabriele
hörte nicht darauf, zögernd und im Hinabsteigen noch immer zwischen den Zweigen hinausschauend, sagte sie wieder: «Es bewegt
sich drüben am Saum des Waldes; jetzt seh ich Reiter; wie das glit-
zert im Sonnenschein! Sie kommen gerade auf uns her.»

Und kaum hatte sie sich vom Baum geschwungen, als einer von den Reitern, über den grünen Plan dahergeflogen, unter den Linden anlangte und mit höflichem Gruß vor der Priorin stillhielt. Gabriele war schnell in das Haus gelaufen, dort wollte sie durchs Fenster nach dem Fremden sehen. Aber die Priorin rief ihr nach: Der Herr sei durstig, sie solle ihm Wein herausbringen. Sie schämte sich, daß er sie auf dem Baum gesehen, so kam sie furchtsam mit dem vollen Becher vor die Tür mit gesenkten Blicken, durch die langen Augenwimpern nur sah sie das kostbare Zaumzeug und die Stickerei auf seinem Jagdrock im Sonnenschein flimmern. Als sie aber an das Pferd trat, sagte er leise zu ihr: Er sehe *doch* ihre dunkeln Augen im Wein sich spiegeln wie in einem goldnen Brunnen. Bei dem Klang der Stimme blickte sie erschrocken auf – der Reiter war ihr Liebster – sie stand wie verblendet. Er trank jetzt auf der Priorin Gesundheit, sah aber dabei über den Becher weg Gabriele an und zeigte ihr verstohlen ihr Tuch, das sie in jener Nacht aus dem Fenster verloren. Dann drückte er die Sporen ein, und flüchtig dankend flog er wieder zu dem bunten Schwarm am Walde, das weiße Tuch flatterte weit im Winde hinter ihm her.

«Sieh nur», sagte die Priorin lachend, «wie ein Falk, der eine Taube durch die Luft führt!»

«Wer war der Herr?» fragte endlich Gabriele tief aufatmend. – «Der junge Graf Dürande», hieß es. –

Da tönte die Jagd schon wieder fern und immer ferner den funkelnden Wald entlang, die Nonnen aber hatten in ihrer Fröhlichkeit von allem nichts bemerkt und sangen von neuem:

> Und die Vöglein hoch in Lüften
> Über blaue Berg und Seen
> Ziehn zur Ferne nach den Klüften,
> Wo die hohen Zedern stehn,
> Wo mit ihren goldnen Schwingen
> Auf des Benedeiten Gruft
> Engel Hosianna singen
> Nächtens durch die stille Luft.

Etwa vierzehn Tage darauf schritt Renald eines Morgens still und rasch durch den Wald nach dem Schloß Dürande, dessen Türme finster über die Tannen hersahen. Er war ernst und bleich, aber mit Hirschfänger und leuchtendem Bandelier wie zu einem Feste geschmückt. In der Unruhe seiner Seele war er der Zeit ein gut Stück vorausgeschritten; denn als er ankam, war die Haustür noch verschlossen und alles still, nur die Dohlen erwachten schreiend auf den alten Dächern. Er setzte sich unterdes auf das Geländer der Brücke, die zum Schlosse führte. Der Wallgraben unten lag lange trocken, ein marmorner Apollo mit seltsamer Lockenperücke spielte dort zwischen gezirkelten Blumenbeeten die Geige, auf der ein Vogel sein Morgenlied pfiff; über den Helmen der steinernen Ritterbilder am Tore brüsteten sich breite Aloen; der Wald, der alte Schloßgesell, war wunderlich verschnitten und zerquält, aber der Herbst ließ sich sein Recht nicht nehmen und hatte alles phantastisch gelb und rot gefärbt, und die Waldvögel, die vor dem Winter in die Gärten flüchteten, zwitscherten lustig von Wipfel zu Wipfel. – Renald fror, er hatte Zeit genug und überdachte noch einmal alles: wie der junge Graf Dürande wieder nach Paris gereist, um dort lustig durchzuwintern, wie er selbst mit fröhlichem Herzen zum Kloster geeilt, um seine Schwester abzuholen. Aber da war Gabriele heimlich verschwunden, man hatte einmal des Nachts einen fremden Mann am Kloster gesehn; niemand wußte, wohin sie gekommen.

Jetzt knarrte das Schloßtor, Renald sprang schnell auf, er verlangte seinen Herrn, den alten Grafen Dürande, zu sprechen. Man sagte ihm, der Graf sei eben erst aufgewacht; er mußte noch lange in der Gesindestube warten zwischen Überresten vom gestrigen Souper, zwischen Schuhbürsten, Büchsen und Katzen, die sich verschlafen an seinen blanken Stiefeln dehnten, niemand fragte nach ihm. Endlich wurde er in des Grafen Garderobe geführt, der alte Herr ließ sich soeben frisieren und gähnte unaufhörlich. Renald bat nun ehrerbietig um kurzen Urlaub zu einer Reise nach Paris. Auf die Frage des Grafen, was er dort wolle, entgegnete er verwirrt: Seine Schwester sei dort bei einem weitläufigen Verwandten – er schämte sich herauszusagen, was er dachte. Da lachte der Graf. «Nun, nun», sagte er, «mein Sohn hat wahrhaftig keinen übeln Geschmack. Geh Er nur hin, ich will Ihm an seiner Fortune nicht hinderlich sein; die Dürandes sind in solchen Affären immer splendid; so ein junger, wilder Schwan muß gerupft werden, aber mach Ers mir nicht zu arg.» – Dann nickte er mit dem Kopfe, ließ sich den Pudermantel umwerfen und schritt langsam zwischen zwei Reihen von Bedienten, die ihn im Vorüberwandeln mit großen Quasten einpuderten, durch die entgegengesetzte Flügeltür zum Frühstück. Die Bedienten kicherten heimlich – Renald schüttelte sich wie ein gefesselter Löwe.

Noch an demselben Tage trat er seine Reise an.

Es war ein schöner, blanker Herbstabend, als er in der Ferne Paris erblickte; die Ernte war längst vorüber, die Felder standen alle leer, nur von der Stadt her kam ein verworrenes Rauschen über die stille Gegend, daß ihn heimlich schauerte. Er ging nun an prächtigen Landhäusern vorüber durch die langen Vorstädte immer tiefer in das wachsende Getöse hinein, die Welt rückte immer enger und dunkler zusammen, der Lärm, das Rasseln der Wagen betäubte, das wechselnde Streiflicht aus den geputzten Läden blendete ihn; so war er ganz verwirrt, als er endlich im Wind den roten Löwen, das Zeichen seines Vetters, schwanken sah, der in der Vorstadt einen Weinschank hielt. Dieser saß eben vor der Tür seines kleinen Hauses und verwunderte sich nicht wenig, da er den verstaubten Wandersmann erkannte. Doch Renald stand wie auf Kohlen. «War Gabriele bei dir?» fragte er gleich nach der ersten Begrüßung gespannt. – Der Vetter schüttelte erstaunt den Kopf, er wußte von nichts. «Also doch!» sagte Renald, mit dem Fuß auf die Erde stampfend; aber er konnte es nicht über die Lippen bringen, was er vermute und vorhabe.

Sie gingen nun in das Haus und kamen in ein langes, wüstes Gemach, das von einem Kaminfeuer im Hintergrunde ungewiß erleuchtet wurde. In den roten Widerscheinen lag dort ein wilder Haufe umher: abgedankte Soldaten, müßige Handwerksburschen und dergleichen Hornkäfer, wie sie in der Abendzeit um die großen Städte schwärmen. Alle Blicke aber hingen an einem hohen, hagern Manne mit bleichem, scharfgeschnittenem Gesicht, der, den Hut auf dem Kopf und seinen langen Mantel stolz und vornehm über die linke Achsel zurückgeschlagen, mitten unter ihnen stand. – «Ihr seid der Nährstand», rief er soeben aus; «wer aber die andern nährt, der ist ihr Herr; hoch auf, ihr Herren!» – Er hob ein Glas, alles jauchzte wild auf und griff nach den Flaschen, er aber tauchte kaum die feinen Lippen in den dunkelroten Wein, als schlürft er Blut, seine spielenden Blicke gingen über dem Glase kalt und lauernd in die Runde.

Da funkelte das Kaminfeuer über Renalds blankes Bandelier, das stach plötzlich in ihre Augen. Ein starker Kerl mit rotem Gesicht und Haar wie ein brennender Dornbusch trat mit übermütiger Bettelhaftigkeit dicht vor Renald und fragte, ob er dem Großtürken diene? Ein anderer meinte, er habe ja da, wie ein Hund, ein adeliges Halsband umhängen. – Renald griff rasch nach seinem Hirschfänger, aber der lange Redner trat dazwischen, sie wichen ihm scheu und ehrerbietig aus. Dieser führte den Jäger an einen abgelegenen Tisch und fragte, wohin er wolle. Da Renald den Grafen Dürande nannte, sagte er: «Das ist ein altes Haus, aber der Totenwurm pickt schon drin, ganz von Liebschaften zerfressen.» – Renald erschrak, er glaubte, jeder müßte ihm seine Schande an der Stirn ansehen. «Warum kommt Ihr gerade auf die Liebschaften?» fragte er zögernd. – «Warum?» erwiderte jener, «sind sie nicht die Herrn im Forst, ist das Wild nicht ihre, hohes und niederes? Sind wir nicht verfluchte Hunde und lecken die Schuh, wenn sie uns stoßen?» – Das verdroß Renald; er entgegnete kurz und stolz, der junge Graf Dürande sei ein großmütiger Herr, er wolle nur sein Recht von ihm und weiter nichts. – Bei diesen Worten hatte der Fremde ihn aufmerksam betrachtet und sagte ernst: «Ihr seht aus wie ein Scharfrichter, der, das Schwert unterm Mantel, zu Gerichte geht; es kommt die Zeit, gedenkt an mich, Ihr werdet der Rüstigen einer sein bei der blutigen Arbeit.» – Dann zog er ein Blättchen hervor, schrieb etwas mit Bleistift darauf, versiegelte es am Licht und reichte es Renald hin. «Die Grafen hier kennen mich wohl», sagte er; er solle das nur abgeben an Dürande, wenn er einen Strauß mit ihm habe, es könnte ihm vielleicht von Nutzen sein. – «Wer ist der Herr?» fragte Renald seinen Vetter, da der Fremde sich rasch wieder wandte. – «Ein Feind der Tyrannen», entgegnete der Vetter leise und geheimnisvoll.

Dem Renald aber gefiel hier die ganze Wirtschaft nicht, er war müde von der Reise und streckte sich bald in einer Nebenkammer auf das Lager, das ihm der Vetter angewiesen. Da konnte er vernehmen, wie immer mehr und mehr Gäste nebenan allmählich die Stube füllten; er hörte die Stimme des Fremden wieder dazwischen, eine wilde Predigt, von der er nur einzelne Worte verstand, manchmal blitzte das Kaminfeuer blutrot durch die Ritzen der schlechtverwahrten Tür; so schlief er spät unter furchtbaren Träumen ein.

Der Ball war noch nicht beendigt, aber der junge Graf Dürande hatte dort so viel Wunderbares gehört von den feurigen Zeichen einer Revolution, vom heimlichen Aufblitzen kampffertiger Geschwader, Jakobiner, Volksfreunde und Royalisten, daß ihm das Herz schwoll wie im nahenden Gewitterwinde. Er konnte es nicht länger aushalten in der drückenden Schwüle. In seinen Mantel gehüllt, ohne den Wagen abzuwarten, stürzte er sich in die scharfe Winternacht hinaus. Da freute er sich, wie draußen fern und nah die Turmuhren verworren zusammenklangen im Wind und die Wolken über die Stadt flogen und der Sturm sein Reiselied pfiff, lustig die Schneeflocken durcheinander wirbelnd. «Grüß mir mein Schloß Dürande!» rief er dem Sturme zu; es war ihm so frisch zumut, als müßt er wie ein lediges Roß mit jedem Tritte Funken aus den Steinen schlagen.

In seinem Hotel aber fand er alles wie ausgestorben, der Kammerdiener war vor Langeweile fest eingeschlafen, die jüngere Dienerschaft ihren Liebschaften nachgegangen, niemand hatte ihn so früh erwartet. Schauernd vor Frost stieg er die breite, dämmernde Treppe hinauf, zwei tief herabgebrannte Kerzen beleuchteten zweifelhaft das vergoldete Schnitzwerk des alten Saales, es war so still, daß er den Zeiger der Schloßuhr langsam fortrücken und die Wetterfahnen im Winde sich drehen hörte. Wüst und überwacht warf er sich auf eine Ottomane hin. «Ich bin so müde», sagte er, «so müde von Lust und immer Lust, langweiliger Lust! ich wollt, es wäre Krieg!» – Da wars ihm, als hört er draußen auf der Treppe gehen mit leisen, langen Schritten, immer näher und näher. «Wer ist da?» rief er. – Keine Antwort. – «Nur zu, mir eben recht», meinte er, Hut und Handschuhe wegwerfend, «rumor nur zu, spukhafte Zeit, mit deinem fernen Wetterleuchten über Stadt und Land, als wenn die Gedanken aufständen überall und schlaftrunken nach den Schwertern tappten. Was gehst du in Waffen rasselnd um und pochst an die Türen unserer Schlösser bei stiller Nacht; mich gelüstet, mit dir zu fechten; herauf, du unsichtbares Kriegsgespenst!»

Da pocht es wirklich an der Tür. Er lachte, daß der Geist die Herausforderung so schnell angenommen. In keckem Übermut rief er: «Herein!» Eine hohe Gestalt im Mantel trat in die Tür; er erschrak doch, als diese den Mantel abwarf und er Renald erkannte; denn er gedachte der Nacht im Walde, wo der Jäger auf ihn gezielt. – Renald aber, da er den Grafen erblickte, ehrerbietig zurücktretend, sagte, er habe den Kammerdiener hier zu finden geglaubt, um sich anmelden zu lassen. Er sei schon öfters zu allen Tageszeiten hier gewesen, jedesmal aber, unter dem Vorwand, daß die Herrschaft nicht zu Hause oder beschäftigt sei, von den Pariser Bedienten zurückgewiesen worden, die ihn noch nicht kannten; so habe er denn heute auf der Straße gewartet, bis der Graf zurückkäme.

«Und was willst du denn von mir?» fragte der Graf, ihn mit unverwandten Blicken prüfend. «Gnädiger Herr», erwiderte der Jäger nach einer Pause, «Sie wissen wohl, ich hatte eine Schwester, sie war meine einzige Freude und mein Stolz – sie ist eine Landläuferin geworden, sie ist fort.»

Der Graf machte eine heftige Bewegung, faßte sich aber gleich wieder und sagte halb abgewendet: «Nun, und was geht das mich an?»

Renalds Stirn zuckte wie fernes Wetterleuchten; er schien mit sich selber zu ringen. «Gnädiger Herr», rief er darauf im tiefsten Schmerz, «gnädiger Herr, gebt mir meine arme Gabriele zurück!»

«Ich?» fuhr der Graf auf, «zum Teufel, wo ist sie?»

«Hier», entgegnete Renald ernst.

Der Graf lachte laut auf und, den Leuchter ergreifend, stieß er rasch eine Flügeltür auf, daß man eine weite Reihe glänzender Zimmer übersah. «Nun», sagte er mit erzwungener Lustigkeit, «so hilf mir suchen. Horch, da raschelt was hinter der Tapete, jetzt hier, dort, nun sage mir, wo steckt sie?»

Renald blickte finster vor sich nieder, sein Gesicht verdunkelte sich immer mehr. Da gewahrte er Gabrielens Schnupftuch auf einem Tischchen; der Graf, der seinen Augen gefolgt war, stand einen Augenblick betroffen. – Renald hielt sich noch, es fiel ihm der Zettel des Fremden wieder ein, er wünschte immer noch, alles in Güte abzumachen und reichte schweigend dem Grafen das Briefchen hin.

Der Graf, ans Licht tretend, erbrach es schnell, da flog eine dunkle Röte über sein ganzes Gesicht. – «Und weiter nichts?» murmelte er leise zwischen den Zähnen, sich in die Lippen beißend. «Wollen sie mir drohen, mich schrecken?» – Und rasch zu Renald gewandt, rief er: «Und wenn ich deine ganze Sippschaft hätt, ich gäb sie nicht heraus! Sag deinem Bettleradvokaten, ich lachte sein und wäre zehntausendmal noch stolzer als er, und wenn ihr beide euch im Hause zeigt, laß ich mit Hunden euch vom Hofe hetzen, das sag ihm; fort, fort, fort!» – Hiermit schleuderte er den Zettel dem Jäger ins Gesicht und schob ihn selber zum Saal hinaus, die eichene Tür hinter ihm zuwerfend, daß es durchs ganze Haus öde erschallte.

Renald stand, wild um sich blickend, auf der stillen Treppe. Da bemerkte er erst, daß er den Zettel noch krampfhaft in den Händen hielt; er entfaltete ihn hastig und las an dem flackernden Licht einer halbverlöschten Laterne die Worte: «Hütet Euch. Ein Freund des Volks.» –

Unterdes hörte er oben den Grafen heftig klingeln; mehrere Stimmen wurden im Hause wach; er stieg langsam hinunter wie ins Grab. Im Hofe blickte er noch einmal zurück, die Fenster des Grafen waren noch erleuchtet, man sah ihn im Saale heftig auf und nieder gehen. Da hörte Renald auf einmal draußen durch den Wind singen:

Am Himmelsgrund schießen
So lustig die Stern,
Dein Schatz läßt dich grüßen
Aus weiter, weiter Fern!

Hat eine Zither gehangen
An der Tür unbeacht't,
Der Wind ist gegangen
Durch die Saiten bei Nacht.

Schwang sich auf dann vom Gitter
Über die Berge, übern Wald –
Mein Herz ist die Zither,
Gibt einen fröhlichen Schall.

Die Weise ging ihm durch Mark und Bein; er kannte sie wohl. – Der Mond streifte soeben durch die vorüberfliegenden Wolken den Seitenflügel des Schlosses, da glaubte er in dem einen Fenster flüchtig Gabrielen zu erkennen; als er sich aber wandte, wurde es schnell geschlossen. Ganz erschrocken und verwirrt warf er sich auf die nächste Tür, sie war fest zu. Da trat er unter das Fenster und rief leise aus tiefster Seele hinauf, ob sie drin wider ihren Willen festgehalten werde? so solle sie ihm ein Zeichen geben, es sei keine Mauer so stark wie die Gerechtigkeit Gottes. – Es rührte sich nichts als die Wetterfahne auf dem Dach. – «Gabriele», rief er nun lauter, «meine arme Gabriele, der Wind in der Nacht weint um dich an den Fenstern, ich liebte dich so sehr, ich lieb dich noch immer, um Gottes willen komm, komm herab zu mir, wir wollen miteinander fortziehen, weit, weit fort, wo uns niemand kennt, ich will für dich betteln von Haus zu Haus, es ist ja kein Lager so hart, kein Frost so scharf, keine Not so bitter als die Schande.»

Er schwieg erschöpft, es war alles wieder still, nur die Tanzmusik von dem Balle schallte noch von fern über den Hof herüber, der Wind trieb große Schneeflocken schräg über die harte Erde, er war ganz verschneit. – «Nun, so gnade uns beiden Gott!» sagte er, sich abwendend, schüttelte den Schnee vom Mantel und schritt rasch fort.

Als er zu der Schenke seines Vetters zurückkam, fand er zu seinem Erstaunen das ganze Haus verschlossen. Auf sein heftiges Pochen trat der Nachbar, sich vorsichtig nach den Seiten umsehend, aus seiner Tür, er schien auf des Jägers Rückkehr gewartet zu haben und erzählte ihm geheimnisvoll, das Nest nebenan sei ausgenommen, Polizeisoldaten hätten heute abend den Vetter plötzlich abgeführt, niemand wisse wohin. – Den Renald überraschte und verwunderte nichts mehr, und zerstreut mit flüchtigem Danke nahm er alles an, als der Nachbar nun auch das gerettete Reisebündel des Jägers unter dem Mantel hervorbrachte und ihm selbst eine Zuflucht in seinem Hause anbot.

Gleich am andern Morgen aber begann Renald seine Runde in der weitläufigen Stadt; er mochte nichts mehr von der Großmut des stolzen Grafen, er wollte jetzt nur sein Recht! So suchte er unverdrossen eine Menge Advokaten hinter ihren großen Tintenfässern auf, aber die sahens gleich alle den goldbortenen Rauten seines Rockes an, daß sie nicht aus seiner eigenen Tasche gewachsen waren; der eine verlangte unmögliche Zeugen, der andere Dokumente, die er nicht hatte, und alle forderten Vorschuß. Ein junger, reicher Advokat wollte sich totlachen über die ganze Geschichte; er fragte, ob die Schwester jung, schön, und erbot sich, den ganzen Handel umsonst zu führen und die arme Waise dann zu sich ins Haus zu nehmen, während ein andrer gar das Mädchen selber heiraten wollte, wenn sie fernerhin beim Grafen bliebe. – In tiefster Seele empört, wandte sich Renald nun an die Polizeibehörde; aber da wurde er aus einem Revier ins andere geschickt, von Pontius zu Pilatus, und jeder wusch seine Hände in Unschuld, niemand hatte Zeit, in dem

Getreibe ein vernünftiges Wort zu hören, und als er endlich vor das rechte Büro kam, zeigten sie ihm ein langes Verzeichnis der Dienstleute und Hausgenossen des Grafen Dürande: seine Schwester war durchaus nicht darunter. Er habe Geister gesehen, hieß es, er solle keine unnützen Flausen machen; man hielt ihn für einen Narren, und er mußte froh sein, nur ungestraft wieder unter Gottes freien Himmel zu kommen. Da saß er nun todmüde in seiner einsamen Dachkammer, den Kopf in die Hand gestützt; seine Barschaft war mit dem frühzeitigen Schnee auf den Straßen geschmolzen, jetzt wußt er keine Hilfe mehr, es ekelte ihm recht vor dem Schmutz der Welt. In diesem Hinbrüten, wie wenn man beim Sonnenglanz die Augen schließt, spielten feurige Figuren wechselnd auf dem dunklen Grund seiner Seele: schlängelnde Zornesblicke und halbgeborne Gedanken blutiger Rache. In dieser Not betete er still für sich; als er aber an die Worte kam: «Vergib uns unsere Schuld, als auch wir vergeben unseren Schuldnern», fuhr er zusammen; er konnte es dem Grafen nicht vergeben. Angstvoll und immer brünstiger betete er fort. – Da sprang er plötzlich auf, ein neuer Gedanke erleuchtete auf einmal sein ganzes Herz. Noch war nicht alles versucht, nicht alles verloren, er beschloß, den König selber anzutreten – so hatte er sich nicht vergeblich zu Gott gewendet, dessen Hand auf Erden ja der König ist.

Ludwig XVI. und sein Hof waren damals in Versailles; Renald eilte sogleich hin und freute sich, als er bei seiner Ankunft hörte, daß der König, der unwohl gewesen, heute zum ersten Male wieder den Garten besuchen wolle. Er hatte zu Hause mit großem Fleiß eine Supplik aufgesetzt, Punkt für Punkt, das himmelschreiende Unrecht und seine Forderung, alles, wie er es dereinst vor Gottes Thron zu verantworten gedachte. Das wollte er im Garten selbst übergeben, vielleicht fügte es sich, daß er dabei mit dem König sprechen durfte; so, hoffte er, könne noch alles wieder gut werden.

Vielerlei Volk, Neugierige, Müßiggänger und Fremde hatten sich unterdes schon unweit der Tür, aus welcher der König treten sollte, zusammengestellt. Renald drängte sich mit klopfendem Herzen in die vorderste Reihe. Es war einer jener halbverschleierten Wintertage, die lügenhaft den Sommer nachspiegeln, die Sonne schien lau, aber falsch über die stillen Paläste, weiterhin zogen Schwäne auf den Weihern, kein Vogel sang mehr, nur die weißen Marmorbäder standen noch verlassen in der prächtigen Einsamkeit. Endlich gaben die Schweizer das Zeichen, die Saaltür öffnete sich, die Sonne tat einen kurzen Blitz über funkelnden Schmuck, Ordensbänder und blendende Achseln, die schnell vor dem Winterhauch unter schimmernden Tüchern wieder verschwanden. Da schallte es auf einmal «Vive le roi!» durch die Lüfte, und im Garten, so weit das Auge reichte, begannen plötzlich alle Wasserkünste zu spielen, und mitten in dem Jubel, Rauschen und Funkeln schritt der König in einfachem Kleide langsam die breiten Marmorstufen hinab. Er sah traurig und bleich – eine leise Luft rührte die Wipfel der hohen Bäume und streute die letzten Blätter wie einen Goldregen über die fürstlichen Gestalten. Jetzt gewahrte Renald mit einiger Verwirrung auch den Grafen Dürande unter dem Gefolge; er sprach soeben halbflüsternd zu einer jungen, schönen Dame. Schon rauschten die taftnen Gewänder immer näher und näher. Renald konnte deutlich vernehmen, wie die Dame, ihre Augen gegen Dürande aufschlagend, ihn neckend fragte, was er drin sehe, daß sie ihn so erschreckten. «Wunderbare Sommernächte meiner Heimat», erwiderte der Graf zerstreut. Da wandte sich das Fräulein lachend, Renald erschrak, ihr dunkles Auge war wie Gabrielens in fröhlichen Tagen – es wollte ihm das Herz zerreißen.

Darüber hatte er alles andere vergessen, der König war fast vorüber; jetzt drängte er sich nach, ein Schweizer aber stieß ihn mit der Partisane zurück, er drang noch einmal verzweifelt vor. Da bemerkt ihn Dürande, er stutzt einen Augenblick, dann, schnell gesammelt, faßt er den Zudringlichen rasch an der Brust und übergibt ihn der herbeieilenden Wache. Der König über dem Getümmel wendet sich fragend. – «Ein Wahnsinniger», entgegnet Dürande.

Unterdes hatten die Soldaten den Unglücklichen umringt, die neugierige Menge, die ihn für verrückt hielt, wich scheu zurück, so wurde er ungehindert abgeführt. Da hörte er hinter sich die Fontänen noch rauschen, dazwischen das Lachen und Plaudern der Hofleute in der lauen Luft; als er aber einmal zurückblickte, hatte sich alles schon wieder nach dem Garten hingekehrt, nur ein bleiches Gesicht aus der Menge war noch zurückgewandt und funkelte ihm mit scharfen Blicken nach. Er glaubte schaudernd den prophetischen Fremden aus des Vetters Schenke wiederzuerkennen.

Der Mond bescheint das alte Schloß Dürande und die tiefe Wal-
desstille am Jägerhaus, nur die Bäche rauschen so geheimnisvoll in
den Gründen. Schon blühts in manchem tiefen Tal, und nächtliche
Züge heimkehrender Störche hoch in der Luft verkünden in einzelnen halbverlornen Lauten, daß der Frühling gekommen. Da fahren
plötzlich Rehe, die auf der Wiese vor dem Jägerhaus gerastet, erschrocken ins Dickicht, der Hund an der Tür schlägt an, ein Mann
steigt eilig von den Bergen, bleich, wüst, die Kleider abgerissen, mit
wildverwachsenem Bart – es ist der Jäger Renald.

Mehrere Monate hindurch war er in Paris im Irrenhause einge-
sperrt gewesen; je heftiger er beteuerte, verständig zu sein, für desto
toller hielt ihn der Wärter; in der Stadt aber hatte man jetzt Wichti-
geres zu tun, niemand bekümmerte sich um ihn. Da ersah er endlich selbst seinen Vorteil, die Hinterlist seiner verrückten Mitgesel-
len half ihm treulich aus Lust an der Heimlichkeit. So war es ihm
gelungen, in einer dunklen Nacht mit Lebensgefahr sich an einem
Seil herabzulassen und in der allgemeinen Verwirrung der Zeit
unentdeckt aus der Stadt durch die Wälder, von Dorf zu Dorfe bettelnd, heimwärts zu gelangen. Jetzt bemerkte er erst, daß es von
fern überm Walde blitzte; vom stillen Schloßgarten her schlug
schon eine Nachtigall, es war ihm, als ob ihn Gabriele riefe. Als er
aber mit klopfendem Herzen auf dem altbekannten Fußsteig immer
weiterging, öffnete sich bei dem Hundegebell ein Fensterchen im
Jägerhaus. Es gab ihm einen Stich ins Herz; es war Gabrielens
Schlafkammer, wie oft hatte er dort ihr Gesicht im Mondschein
gesehen. Heut aber guckte ein Mann hervor und fragte barsch, was
es draußen gäbe. Es war der Waldwärter, der heimtückische Rot-
kopf war ihm immer zuwider gewesen. «Was macht Ihr hier in
Renalds Haus?» sagte er. «Ich bin müde, ich will hinein.» Der
Waldwärter sah ihn von Kopf bis zu den Füßen an, er erkannte ihn
nicht mehr. «Mit dem Renald ists lange vorbei», entgegnete er dann,
«er ist nach Paris gelaufen und hat sich dort mit verdächtigem Gesindel und Rebellen eingelassen, wir wissens recht gut, jetzt habe
ich seine Stelle vom Grafen.» – Drauf wies er Renald am Waldes-
rand den Weg zum Wirtshause und schlug das Fenster wieder zu. –
Oho, stehts so! dachte Renald. Da fielen seine Augen auf sein Gärtchen, die Kirschbäume, die er gepflanzt, standen schon in voller

Blüte; es schmerzte ihn, daß sie in ihrer Unschuld nicht wußten, für wen sie blühten. Währenddes hatte sein alter Hofhund sich gewaltsam vom Stricke losgerissen, sprang liebkosend an ihm herauf und umkreiste ihn in weiten Freudensprüngen; er herzte sich mit ihm wie mit einem alten, treuen Freunde. Dann aber wandte er sich rasch zum Hause; die Tür war verschlossen, er stieß sie mit einem derben Fußtritt auf. Drin hatte der Waldwärter unterdes Feuer gemacht. «Herr Jesus!» rief er erschrocken, da er, entgegentretend, plötzlich beim Widerschein der Lampe den verwilderten Renald erkannte. Renald aber achtete nicht darauf, sondern griff nach der Büchse, die überm Bett an der Wand hing. «Lump», sagte er, «das schöne Gewehr so verstauben zu lassen!» Der Waldwärter, die Lampe hinsetzend und auf dem Sprunge, durchs Fenster zu entfliehen, sah den furchtbaren Gast seitwärts mit ungewissen Blicken an. Renald bemerkte, daß er zitterte. «Fürcht dich nicht», sagte er, «dir tu ich nichts, was kannst du dafür; ich hol mir nur die Büchse, sie ist vom Vater, sie gehört mir und nicht dem Grafen, und so wahr der alte Gott noch lebt, so hol ich mir auch mein Recht, und wenn sies im Turmknopf von Dürande versiegelt hätten, das sag dem Grafen und wers sonst wissen will.» – Mit diesen Worten pfiff er dem Hunde und schritt wieder in den Wald hinaus, wo ihn der Waldwärter bei dem wirren Wetterleuchten bald aus den Augen verloren hatte.

Währenddes schnurrten im Schloß Dürande die Gewichte der Turmuhr ruhig fort, aber die Uhr schlug nicht, und der verrostete Weiser rückte nicht mehr von der Stelle, als wäre die Zeit eingeschlafen auf dem alten Hofe beim einförmigen Rauschen der Brunnen. Draußen, nur manchmal vom fernen Wetterleuchten zweifelhaft erhellt, lag der Garten mit seinen wunderlichen Baumfiguren, Statuen und vertrockneten Bassins wie versteinert im jungen Grün, das in der warmen Nacht schon von allen Seiten lustig über die Gartenmauer kletterte und sich um die Säulen der halbverfallenen Lusthäuser schlang, als wollt nun der Frühling alles erobern. Das Hausgesinde aber stand, heimlich untereinander flüsternd, auf der Terrasse; denn man sah es hie und da brennen in der Ferne; der Aufruhr schritt wachsend schon immer näher über die stillen Wälder von Schloß zu Schloß. Da hielt der kranke alte Graf um die gewohnte Stunde einsam Tafel im Ahnensaal; die hohen Fenster waren fest verschlossen, Spiegel, Schränke und Marmortische standen unverrückt umher wie in der alten Zeit, niemand durfte, bei seiner Ungnade, der neuen Ereignisse erwähnen, die er verächtlich ignorierte. So saß er, im Staatskleide, frisiert, wie eine geputzte Leiche, am reichbesetzten Tisch vor den silbernen Armleuchtern und blätterte in alten Historienbüchern, seiner kriegerischen Jugend gedenkend. Die Bedienten eilten stumm über den glatten Boden hin und her, nur durch die Ritzen der Fensterladen sah man zuweilen das Wetterleuchten, und alle Viertelstunden hakte im Nebengemach die Flötenuhr knarrend ein und spielte einen Satz aus einer alten Opernarie.

Da ließen sich auf einmal unten Stimmen vernehmen, drauf hörte man jemand eilig die Treppe heraufkommen, immer lauter und näher. «Ich muß herein!» rief es endlich an der Saaltür, sich durch die abwehrenden Diener drängend, und bleich, verstört und atemlos stürzte der Waldwärter in den Saal, in wilder Hast dem Grafen erzählend, was ihm soeben im Jägerhaus mit Renald begegnet. -

Der Graf starrte ihn schweigend an. Dann, plötzlich einen Armleuchter ergreifend, richtete er sich zum Erstaunen der Diener ohne fremde Hilfe hoch auf. «Hüte sich, wer einen Dürande fangen will!» rief er, und gespenstisch wie ein Nachtwandler mit dem Leuchter quer durch den Saal schreitend, ging er auf eine kleine eichene Tür los, die zu dem Gewölbe des Eckturms führte. Die Diener, als sie sich vom ersten Entsetzen über sein grauenhaftes Aussehen erholt, standen verwirrt und unentschlossen um die Tafel. «Um Gottes willen», rief da auf einmal ein Jäger, herbeieilend, «laßt ihn nicht durch, dort in dem Eckturm habe ich auf sein Geheiß heimlich alles Pulver zusammentragen müssen; wir sind verloren, er sprengt uns alle mit sich in die Luft!» – Der Kammerdiener, bei dieser schrecklichen Nachricht, faßte sich zuerst ein Herz und sprang rasch vor, um seinen Herrn zurückzuhalten, die andern folgten seinem Beispiel. Der Graf aber, da er sich so unerwartet verraten und überwältigt sah, schleuderte dem nächsten den Armleuchter an den Kopf, darauf, krank wie er war, brach er selbst auf dem Boden zusammen.

Ein verworrenes Durcheinanderlaufen ging nun durch das ganze Schloß; man hatte den Grafen auf sein seidenes Himmelbett gebracht. Dort versuchte er vergeblich, sich noch einmal emporzurichten, zurücksinkend rief er: «Wer sagte da, daß der Renald nicht wahnsinnig ist?» – Da alles stillblieb, fuhr er leiser fort: «Ihr kennt den Renald nicht, er kann entsetzlich sein, wie fressend Feuer – läßt man denn reißende Tiere frei aufs Feld? – Ein schöner Löwe, wie er die Mähnen schüttelt – wenn sie nur nicht so blutig wären!» – Hier, sich plötzlich besinnend, riß er die müden Augen weit auf und starrte die umherstehenden Diener verwundert an.

Der bestürzte Kammerdiener, der seine Blicke allmählich verlöschen sah, redete von geistlichem Beistand, aber der Graf, schon im Schatten des nahenden Todes, verfiel gleich darauf von neuem in fieberhafte Phantasien. Er sprach von einem großen, prächtigen Garten und einer langen, langen Allee, in der ihm seine verstorbene Gemahlin entgegenkäme, immer näher und heller und schöner. «Nein, nein», sagte er, «sie hat einen Sternenmantel um und eine funkelnde Krone auf dem Haupt. Wie rings die Zweige schimmern von dem Glanz! Gegrüßt seist du, Maria, bitt für mich, du Königin der Ehren!» – Mit diesen Worten starb der Graf.

Als der Tag anbrach, war der ganze Himmel gegen Morgen dunkelrot gefärbt; gegenüber aber stand das Gewitter bleifarben hinter den grauen Türmen des Schlosses Dürande, die Sterbeglocke ging in einzelnen, abgebrochenen Klängen über die stille Gegend, die fremd und wie verwandelt in der seltsamen Beleuchtung heraufblickte. – Da sahen einige Holzhauer im Walde den wilden Jäger

Renald mit seiner Büchse und dem Hunde eilig in die Morgenglut hinabsteigen; niemand wußte, wohin er sich gewendet.

Mehrere Tage waren seitdem vergangen, das Schloß stand wie verzaubert in öder Stille, die Kinder gingen abends scheu vorüber, als ob es drin spuke. Da sah man eines Tages plötzlich droben mehrere Fenster geöffnet, buntes Reisegepäck lag auf dem Hofe umher, muntere Stimmen schallten wieder auf den Treppen und Gängen, die Türen flogen hallend auf und zu, und vom Turme fing die Uhr trostreich wieder zu schlagen an. Der junge Graf Dürande war, auf die Nachricht vom Tode seines Vaters, rasch und unerwartet von Paris zurückgekehrt. Unterwegs war er mehrmals verworrenen Zügen von Edelleuten begegnet, die schon damals flüchtend die Landstraßen bedeckten. Er aber hatte keinen Glauben an die Fremde und wollte ehrlich Freud und Leid mit seinem Vaterlande teilen. Wie hatte auch der erste Schreck aus der Ferne alles übertrieben! Er fand seine nächsten Dienstleute ergeben und voll Eifer und überließ sich gern der Hoffnung, noch alles zum Guten wenden zu können.

In solchen Gedanken stand er an einem der offenen Fenster, die Wälder rauschten so frisch herauf, das hatte er so lange nicht gehört, und im Tale schlugen die Vögel und jauchzten die Hirten von den Bergen, dazwischen hörte er unten im Schloßgarten singen:

Wärs dunkel, ich läg im Walde,
Im Walde rauschts so sacht,
Mit ihrem Sternenmantel
Bedecket mich da die Nacht;
Da kommen die Bächlein gegangen:
Ob ich schon schlafen tu?
Ich schlaf nicht, ich hör noch lange
Den Nachtigallen zu,
Wenn die Wipfel über mir schwanken,
Es klinget die ganze Nacht,
Das sind im Herzen die Gedanken,
Die singen, wenn niemand wacht.

Jawohl, gar manche stille Nacht, dachte der Graf, sich mit der Hand über die Stirn fahrend. – «Wer sang da?» wandte er sich dann zu den auspackenden Dienern; die Stimme schien ihm so bekannt. Ein Jäger meinte, es sei wohl der neue Gärtnerbursch aus Paris, der habe keine Ruhe gehabt in der Stadt; als sie fortgezogen, sei er ihnen zu Pferde nachgekommen. «Der?» sagte der Graf – er konnte sich kaum auf den Burschen besinnen. Über den Zerstreuungen des Winters in Paris war er nicht oft in den Garten gekommen; er hatte den Knaben nur selten gesehen und wenig beachtet, um so mehr freute ihn seine Anhänglichkeit.

Indes war es beinahe Abend geworden, da ließ der Graf noch sein Pferd satteln, die Diener verwunderten sich, als sie ihn bald darauf so spät und ganz allein noch nach dem Walde hinreiten sahen. Der Graf aber schlug den Weg zu dem nahen Nonnenkloster ein und ritt in Gedanken rasch fort, als gält es, ein lange versäumtes Geschäft nachzuholen; so hatte er in kurzer Zeit das stille Waldkloster erreicht. Ohne abzusteigen, zog er hastig die Glocke am Tor. Da stürzte ein Hund ihm entgegen, als wollt er ihn zerreißen, ein langer, bärtiger Mann trat aus der Klosterpforte und stieß den Köter wütend mit den Füßen; der Hund heulte, der Mann fluchte, eine Frau zankte drin im Kloster, sie konnte lange nicht zu Worte kommen. Der Graf, befremdet von dem seltsamen Empfang, verlangte jetzt schleunig die Priorin zu sprechen. – Der Mann sah ihn etwas verlegen an, als schämte er sich. Gleich aber wieder in alter Roheit gesammelt, sagte er, das Kloster sei aufgehoben und gehöre der Nation; er sei der Pächter hier. Weiter erfuhr nun der Graf noch, wie ein Pariser Kommissar das alles so rasch und klug geordnet. Die Nonnen sollten nun in weltlichen Kleidern hinaus in die Städte, heiraten und nützlich sein; da zogen alle in einer schönen, stillen Nacht aus dem Tal, für das sie so lange gebetet, nach Deutschland hinüber, wo ihnen in einem Schwesterkloster freundliche Aufnahme angeboten worden.

Der überraschte Graf blickte schweigend umher, jetzt bemerkte er erst, wie die zerbrochenen Fenster im Winde klappten; aus einer Zelle unten sah ein Pferd schläfrig ins Grün hinaus, die Ziegen des Pächters weideten unter umgeworfenen Kreuzen auf dem Kirchhof, niemand wagte es, sie zu vertreiben; dazwischen weinte ein Kind im Kloster, als klagte es, daß es geboren in dieser Zeit. Im Dorfe aber war es wie ausgekehrt, die Bauern guckten scheu aus den Fenstern, sie hielten den Grafen für einen Herrn von der Nation. Als ihn aber nach und nach einige wiedererkannten, stürzte auf einmal alles heraus und umringte ihn, hungrig, zerlumpt und bettelnd. Mein Gott, mein Gott, dachte er, wie wird die Welt so öde! – Er warf alles Geld, das er bei sich hatte, unter den Haufen, dann setzte er rasch die Sporen ein und wandte sich wieder nach Hause.

Es war schon völlig Nacht, als er in Dürande ankam. Da bemerkte er mit Erstaunen im Schloß einen unnatürlichen Aufruhr, Lichter liefen von Fenster zu Fenster, und einzelne Stimmen schweiften durch den dunklen Garten, als suchten sie jemand. Er schwang sich rasch vom Pferde und eilte ins Haus. Aber auf der Treppe stürzte schon der Kammerdiener mit einem versiegelten Blatte atemlos entgegen: es seien Männer unten, die es abgegeben und trotzig Antwort verlangten. Ein Jäger, aus dem Garten hinzutretend, fragte ängstlich den Grafen, ob er draußen dem Gärtnerburschen begegnet? Der Bursch habe ihn überall gesucht, der Graf möge sich aber hüten vor ihm, er sei in der Dämmerung verdächtig im Dorf gesehen worden, ein Bündel unterm Arm, mit allerlei Gesindel sprechend, nun sei er gar spurlos verschwunden.

Der Graf, unterdes oben im erleuchteten Zimmer angelangt, erbrach den Brief und las in schlechter, mit blasser Tinte mühsam gezeichneter Handschrift: Im Namen Gottes verordne ich hiermit, daß der Graf Hippolyt von Dürande auf einem mit dem gräflichen Wappen besiegelten Pergament die einzige Tochter des verstorbenen Försters am Schloßberg, Gabriele Dubois, als seine rechtmäßige Braut und künftiges Gemahl bekennen und annehmen soll. Dieses Gelöbnis soll heute bis elf Uhr nachts in dem Jägerhause abgeliefert werden. Ein Schuß aus dem Schloßfenster aber bedeutet: Nein. *Renald.*

«Was ist die Uhr?» fragte der Graf – Bald Mitter, erwiderten einige, sie hätten ihn so lange im Walde und Garten vergeblich gesucht. – «Wer von euch sah den Renald, wo kam er her?» fragte er von neuem. Alles schwieg. Da warf er den Brief auf den Tisch. «Der Rasende!» sagte er und befahl für jeden Fall die Zugbrücke aufzuziehen, dann öffnete er rasch das Fenster und schoß ein Pistol als Antwort in die Luft hinaus. Da gab es einen wilden Widerhall durch die stille Nacht, Geschrei und Rufen und einzelne Flintenschüsse bis in die fernsten Schlünde hinein, und als der Graf sich wieder wandte, sah er in dem Saal einen Kreis verstörter Gesichter lautlos um sich her.

Er schalt sie Hasenjäger, denen vor Wölfen graute. «Ihr habt lange genug Krieg gespielt im Walde», sagte er, «nun wendet sich die Jagd, wir sind jetzt das Wild, wir müssen durch. Was wird es sein! Ein Tollhaus mehr ist wieder aufgeriegelt, der rasende Veitstanz geht durchs Land, und der Renald geigt ihnen vor. Ich hab nichts mit dem Volk, ich tat ihnen nichts als Gutes, wollen sie noch Besseres, sie sollens ehrlich fordern, ich gäbs ihnen gern, abschrecken aber laß ich mir keine Handbreit meines alten Grund und Bodens; Trotz gegen Trotz!»

So trieb er sie in den Hof hinab, er selber half die Pforten, Luken und Fenster verrammen. Waffen wurden rasselnd von allen Seiten herbeigeschleppt, sein fröhlicher Mut belebte alle. Man zündete mitten im Hofe ein großes Feuer an, die Jäger lagerten sich herum und gossen Kugeln in den roten Widerscheinen, die lustig über die stillen Mauern liefen – sie merkten nicht, wie die Raben, von der plötzlichen Helle aufgeschreckt, ächzend über ihnen die alten Türme umkreisten. – Jetzt brachte ein Jäger mit großem Geschrei den Hut und die Jacke des Gärtnerburschen, die er zu seiner Verwunderung beim Aufsuchen der Waffen im Winkel eines abgelegenen Gemaches gefunden. Einige meinten, das Bürschchen sei vor Angst aus der Haut gefahren, andere schworen, er sei ein Schleicher und Verräter, während der alte Schloßwart Nicolo, schlau lächelnd, seinem Nachbar heimlich etwas ins Ohr flüsterte. Der Graf bemerkte es. «Was lachst du?» fuhr er den Alten an; eine entsetzliche Ahnung flog plötzlich durch seine Seele. Alle sahen verlegen zu Boden. Da faßte er den erschrockenen Schloßwart hastig am Arm und führte ihn mit fort in einen entlegenen Teil des Hofes, wohin nur einige schwankende Schimmer des Feuers langten. Dort hörte man beide lange Zeit lebhaft miteinander reden, der Graf ging manchmal heftig an dem dunklen Schloßflügel auf und ab und kehrte dann immer wieder fragend und zweifelnd zu dem Alten zurück. Dann sah man sie in den offenen Stall treten, der Graf half selbst eilig den schnellsten Läufer satteln, und gleich darauf sprengte Nicolo quer über den Schloßhof, daß die Funken stoben, durchs Tor in die Nacht hinaus. «Reit zu», rief ihm der Graf noch nach, «frag, suche bis ans Ende der Welt.»

Nun trat er rasch und verstört wieder zu den andern, zwei der zuverlässigsten Leute mußten sogleich bewaffnet nach dem Dorfe hinab, um den Renald draußen aufzusuchen; wer ihn zuerst sähe, solle ihm sagen, er, der Graf, wolle ihm Satisfaktion geben wie einem Kavalier und sich mit ihm schlagen, Mann gegen Mann – mehr könne der Stolze nicht verlangen.

Die Diener starrten ihn verwundert an, er aber hatte unterdes einen rüstigen Jäger auf die Zinne gestellt, wo man am weitesten ins Land hinaussehen konnte. «Was siehst du?» fragte er, unten seine Pistolen ladend. Der Jäger erwiderte, die Nacht sei zu dunkel, er könne nichts unterscheiden, nur einzelne Stimmen höre er manchmal fern im Feld und schweren Tritt, als zögen viele Menschen lautlos durch die Nacht, dann alles wieder still. «Hier ists lustig oben», sagte er, «wie eine Wetterfahne im Wind – was ist denn das?»

«Wer kommt?» fuhr der Graf hastig auf.

«Eine weiße Gestalt, wie ein Frauenzimmer», entgegnete der Jäger, «fliegt unten dicht an der Schloßmauer hin.» – Er legte rasch seine Büchse an. Aber der Graf, die Leiter hinaufffliegend, war schon selber droben und riß dem Zielenden heftig das Gewehr aus der Hand. Der Jäger sah ihn erstaunt an. «Ich kann auch nichts mehr sehen», sagte er dann halb unwillig und warf sich nun auf die Mauer nieder, über den Rand hinausschauend: «Wahrhaftig, dort an der Gartenecke ist noch ein Fenster offen, der Wind klappt mit den Laden, dort ists hereingehuscht.»

Die Zunächststehenden im Hofe wollten eben nach der bezeichneten Stelle hineilen, als plötzlich mehrere Diener wie Herbstblätter im Sturm über den Hof daherflogen. Die Rebellen, hieß es, hätten im Seitenflügel eine Pforte gesprengt, andere meinten, der rotköpfige Waldwärter habe sie mit Hilfe eines Nachschlüssels heimlich durch das Kellergeschoß hereingeführt. Schon hörte man Fußtritte hallend auf den Gängen und Treppen und fremde rauhe Stimmen da und dort, manchmal blitzte eine Brandfackel vorüberschweifend durch die Fenster. –. «Hallo, nun gilts, die Gäste kommen, spielt auf zum Hochzeitstanze!» rief der Graf, in niegefühlter Mordlust aufschauernd. Noch war nur erst ein geringer Teil des Schlosses verloren; er ordnete rasch seine kleine Schar, fest entschlossen, sich lieber unter den Trümmern seines Schlosses zu begraben, als in diese rohen Hände zu fallen.

Mitten in dieser Verwirrung aber ging auf einmal ein Geflüster durch seine Leute: der Graf zeige sich doppelt im Schloß; der eine hatte ihn zugleich im Hof und am Ende eines dunklen Ganges gesehen, einem andern war er auf der Treppe begegnet, flüchtig und auf keinen Anruf Antwort gebend, das bedeute seit uralter Zeit dem Hause großes Unglück. Niemand hatte jedoch in diesem Augenblick das Herz und die Zeit, es dem Grafen zu sagen, denn soeben begann auch unten der Hof sich schon grauenhaft zu beleben; unbekannte Gesichter erschienen überall an den Kellerfenstern, die

Kecksten arbeiteten sich gewaltsam hervor und sanken, ehe sie sich draußen noch aufrichten konnten, von den Kugeln der wachsamen Jäger wieder zu Boden, aber über ihre Leichen weg kroch und rang und hob es sich immer wieder von neuem unaufhaltsam empor, braune, verwilderte Gestalten, mit langen Vogelflinten, Stangen und Brecheisen, als wühlte die Hölle unter dem Schlosse sich auf. Es war die Bande des verräterischen Waldwärters, der ihnen heimtückisch die Keller geöffnet. Nur auf Plünderung bedacht, drangen sie sogleich nach dem Marstall und hieben in der Eile die Stränge entzwei, um sich der Pferde zu bemächtigen. Aber die edlen, schlanken Tiere, von dem Lärm und der gräßlichen Helle verstört, rissen sich los und stürzten in wilder Freiheit in den Hof; dort mit zornigfunkelnden Augen und fliegender Mähne, sah man sie bäumend aus der Menge steigen und Roß und Mann verzweifelnd durcheinanderringen beim wirren Wetterleuchten der Fackeln, Jubel und Todesschrei und die dumpfen Klänge der Sturmglocken dazwischen. Die versprengten Jäger fochten nur noch einzeln gegen die wachsende Übermacht; schon umringte das Getümmel immer dichter den Grafen, er schien unrettbar verloren, als der blutige Knäuel mit dem Ausruf: «Dort, dort ist er!» sich plötzlich wieder entwirrte und alles dem andern Schloßflügel zuflog.

Der Graf, in einem Augenblick fast allein stehend, wandte sich tiefaufatmend und sah erstaunt das alte Banner des Hauses Dürande drüben vom Balkon wehen. Es wallte ruhig durch die wilde Nacht, auf einmal aber schlug der Wind wie im Spiel die Fahne zurück – da erblickte er mit Schaudern sich selbst dahinter, in seinen weißen Reitermantel tief gehüllt, Stirn und Gesicht von seinem Federbusch umflattert. Alle Blicke und Rohre zielten auf die stille Gestalt, doch dem Grafen sträubte sich das Haar empor, denn die Blicke des furchtbaren Doppelgängers waren mitten durch den Kugelregen unverwandt auf ihn gerichtet. Jetzt bewegte es die Fahne, es schien ihm ein Zeichen geben zu wollen, immer deutlicher und dringender ihn zu sich hinaufwinkend.

Eine Weile starrte er hin, dann, von Entsetzen überreizt, vergißt er alles andere, und unerkannt den Haufen teilend, der wütend nach dem Haupttor dringt, eilt er selbst dem gespenstischen Schloßflügel zu. Ein heimlicher Gang, nur wenigen bekannt, führt seitwärts näher zum Balkon, dort stürzt er sich hinein; schon schließt die Pforte sich schallend hinter ihm, er tappt am Pfeiler einsam durch die stille Halle, da hört er atmen neben sich, es faßt ihn plötzlich bei der Hand, schauernd sieht er das Banner und den Federbusch im Dunkeln wieder schimmern. Da, den weißen Mantel zurückschlagend, stößt es unten rasch eine Tür auf nach dem stillen Feld, ein heller Mondblick streift blendend die Gestalt, sie wendet sich. – «Um Gottes willen, *Gabriele!*» ruft der Graf und läßt verwirrt den Degen fallen.

Das Mädchen stand bleich, ohne Hut vor ihm, die schwarzen Locken aufgeringelt, rings von der Fahne wunderbar umgeben. Sie schien noch atemlos. «Jetzt zaudere nicht», sagte sie, den ganz Erstaunten eilig nach der Tür drängend, «der alte Nicolo harrt deiner draußen mit dem Pferde. Ich war im Dorf, der Renald wollte mich nicht wiedersehn, so rannte ich ins Schloß zurück, zum Glück stand noch ein Fenster offen, da fand ich dich nicht gleich und warf mich rasch in deinen Mantel. Noch merken sie es nicht, sie halten mich für dich; bald ists zu spät, laß mich und rette dich, nur schnell!» Dann setzte sie leiser hinzu: «Und grüße auch das schöne Fräulein in Paris, und betet für mich, wenns euch wohlgeht.»

Der Graf aber, in tiefster Seele bewegt, hatte sie schon fest in beide Arme genommen und bedeckte den bleichen Mund mit glühenden Küssen. Da wand sie sich schnell los. «Mein Gott, liebst du mich denn noch, ich meinte, du freiest um das Fräulein?» sagte sie voll Erstaunen, die großen Augen fragend zu ihm aufgeschlagen. – Ihm wars auf einmal, wie in den Himmel hineinzugehen. «Die Zeit fliegt heut entsetzlich», rief er aus, «dich liebte ich immerdar, da nimm den Ring und meine Hand auf ewig, und so verlaß mich Gott, wenn ich je von dir lasse!» -

Gabriele, von Überraschung und Freude verwirrt, wollte niederknien, aber sie taumelte und mußte sich an der Wand festhalten. Da bemerkte er erst mit Schrecken, daß sie verwundet war. Ganz außer sich riß er sein Tuch vom Halse, suchte eilig mit Fahne, Hemd und Kleidern das Blut zu stillen, das auf einmal unaufhaltsam aus vielen Wunden zu quellen schien. In steigender, unsäglicher Todesangst blickte er nach Hilfe rings umher, schon näherten sich verworrene Stimmen, er wußte nicht, ob es Freund oder Feind. Sie hatte währenddes den Kopf müde an seine Schulter gelehnt. «Mir flimmerts so schön vor den Augen», sagte sie, «wie dazumal, als du durchs tiefe Abendrot noch zu mir kamst; nun ist ja alles, alles wieder gut.»

Da pfiff plötzlich eine Kugel durch das Fenster herein. «Das war der Renald!» rief der Graf, sich nach der Brust greifend; er fühlte den Tod im Herzen. Gabriele fuhr hastig auf. «Wie ist dir?» fragte sie erschrocken. Aber der Graf, ohne zu antworten, faßte heftig nach seinem Degen. Das Gesindel war leise durch den Gang herangeschlichen, auf einmal sah er sich in der Halle von bewaffneten Männern umringt. – «Gute Nacht, mein liebes Weib!» rief er da; und mit letzter, übermenschlicher Gewalt das von der Fahne verhüllte Mädchen auf den linken Arm schwingend, bahnt er sich eine Gasse durch die Plünderer, die ihn nicht kannten und verblüfft von beiden Seiten vor dem Wütenden zurückwichen. So hieb er sich durch die offene Tür glücklich ins Freie hinaus, keiner wagte ihm aufs Feld zu folgen, wo sie in den schwankenden Schatten der Bäume einen heimlichen Hinterhalt besorgten.

Draußen aber rauschten die Wälder so kühl. «Hörst du die Hochzeitsglocken gehn?» sagte der Graf; «ich spür schon Morgenluft.» – Gabriele konnte nicht mehr sprechen, aber sie sah ihn still und selig an. – Immer ferner und leiser verhallten unterdes schon die Stimmen vom Schlosse her, der Graf wankte verblutend, sein steinernes Wappenschild lag zertrümmert im hohen Gras, dort stürzt er tot neben Gabrielen zusammen. Sie atmeten nicht mehr, aber der Himmel funkelte von Sternen, und der Mond schien prächtig über das Jägerhaus und die einsamen Gründe; es war, als zögen Engel singend durch die schöne Nacht.

Dort wurden die Leichen von Nicolo gefunden, der vor Ungeduld schon mehrmals die Runde um das Haus gemacht hatte. Er lud beide mit dem Banner auf das Pferd, die Wege standen verlassen, alles war im Schloß, so brachte er sie unbemerkt in die alte Dorfkirche. Man hatte dort vor kurzem erst die Sturmglocke geläutet, die Kirchtür war noch offen. Er lauschte vorsichtig in die Nacht hinaus, es war alles still, nur die Linden säuselten im Wind, vom Schloßgarten hörte er die Nachtigallen schlagen, als ob sie im Traume schluchzten. Da senkte er betend das stille Brautpaar in die gräfliche Familiengruft und die Fahne darüber, unter der sie noch heut zusammen ausruhn. Dann aber ließ er mit traurigem Herzen sein Pferd frei in die Nacht hinauslaufen, segnete noch einmal die schöne Heimatsgegend und wandte sich rasch nach dem Schloß zurück, um seinen bedrängten Kameraden beizustehen; es war ihm, als könnte er nun selbst nicht länger mehr leben.

Auf den ersten Schuß des Grafen aus dem Schloßfenster war das raubgierige Gesindel, das durch umlaufende Gerüchte von Renalds Anschlag wußte, aus allen Schlupfwinkeln hervorgebrochen, er selbst hatte in der offenen Tür des Jägerhauses auf die Antwort gelauert und sprang bei dem Blitz im Fenster wie ein Tiger allen voraus, er war der erste im Schloß. Hier, ohne auf das Treiben der andern zu achten, suchte er mitten zwischen den pfeifenden Kugeln in allen Gemächern, Gängen und Winkeln unermüdlich den Grafen auf. Endlich erblickt er ihn durchs Fenster in der Halle, er hört ihn drin sprechen, ohne Gabrielen in der Dunkelheit zu bemerken. Der Graf kannte den Schützen wohl, er hatte gut gezielt. Als Renald ihn getroffen taumeln sah, wandte er sich tiefaufatmend – sein Richteramt war vollbracht.

Wie nach einem schweren, löblichen Tagewerke durchschritt er nun die leeren Säle in der wüsten Einsamkeit zwischen zertrümmerten Tischen und Spiegeln, der Zugwind strich durch alle Zimmer und spielte traurig mit den Fetzen der zerrissenen Tapeten.

Als er durchs Fenster blickte, verwunderte er sich über das Gewimmel fremder Menschen im Hofe, die ihm geschäftig dienten wie das Feuer dem Sturm. Ein seltsam Gelüsten funkelte ihn da von den Wänden an aus dem glatten Getäfel, in dem der Fackelschein sich verwirrend spiegelte, als äugelte der Teufel mit ihm. – So war er in den Gartensaal gekommen. Die Tür stand offen, er trat in den Garten hinaus. Da schauerte ihn in der plötzlichen Kühle. Der untergehende Mond weilte noch zweifelnd am dunkeln Rand der Wälder, nur manchmal leuchtete der Strom noch herauf, kein Lüftchen ging, und doch rührten sich die Wipfel, und die Alleen und geisterhaften Statuen warfen lange, ungewisse Schatten dazwischen, und die Wasserkünste spielten und rauschten so wunderbar durch die weite Stille der Nacht. Nun sah er seitwärts auch die Linde und die mondbeglänzte Wiese vor dem Jägerhause; er dachte sich die verlorne Gabriele wieder in der alten, unschuldigen Zeit als Kind mit den langen, dunkeln Locken; es fiel ihm immer das Lied ein: «Gute Nacht, mein Vater und Mutter, wie auch mein stolzer Bruder» – es wollte ihm das Herz zerreißen, er sang verwirrt vor sich hin, halb wie im Wahnsinn:

Meine Schwester, die spielt an der Linde. –
Stille Zeit, wie so weit, so weit!
Da spielten so schöne Kinder
Mit ihr in der Einsamkeit.

Von ihren Locken verhangen,
Schlief sie und lachte im Traum,
Und die schönen Kinder sangen
Die ganze Nacht unterm Baum.

Die ganze Nacht hat gelogen,
Sie hat mich so falsch gegrüßt,
Die Engel sind fortgeflogen,
Und Haus und Garten stehn wüst.

Es zittert die alte Linde
Und klaget der Wind so schwer,
Das macht, das macht die Sünde,
Ich wollt, ich läg im Meer.

Die Sonne ist untergegangen
Und der Mond im tiefen Meer,
Es dunkelt schon über dem Lande;
Gute Nacht! seh dich nimmermehr.

«Wer ist da?» rief er auf einmal in den Garten hinein. Eine dunkle Gestalt unterschied sich halb kenntlich zwischen den wirren Schatten der Bäume; erst hielt er es für eins der Marmorbilder, aber es bewegte sich, er ging rasch darauf los, ein Mann versuchte sich mühsam zu erheben, sank aber immer wieder ins Gras zurück. «Um Gott, Nicolo, du bists!» rief Renald erstaunt; «was machst du hier?» – Der Schloßwart wandte sich mit großer Anstrengung auf die andere Seite, ohne zu antworten.

«Bist du verwundet?» sagte Renald, besorgt nähertretend, «wahrhaftig, an dich dacht ich nicht in dieser Nacht. Du warst mir der liebste immer unter allen, treu, zuverlässig, ohne Falsch; ja, wär die Welt wie du! Komm nur mit mir, du sollst herrschaftlich leben jetzt im Schloß auf deine alten Tage, ich will dich über alle stellen.»

Nicolo aber stieß ihn zurück: «Rühre mich nicht an, deine Hand raucht noch von Blut.»

«Nun», entgegnete Renald finster, «ich meine, ihr solltet mirs alle danken, die wilden Tiere sind verstoßen in den wüsten Wald, es bekümmert sich niemand um sie, sie müssen sich ihr Futter selber nehmen – bah! und was ist Brot gegen Recht?»

«Recht?» sagte Nicolo, ihn lange starr ansehend, «um Gottes willen, Renald, ich glaube gar, du wußtest nicht –»

«Was wußt ich nicht?» fuhr Renald hastig auf.

«Deine Schwester Gabriele –»

«Wo ist sie?»

Nicolo wies schweigend nach dem Kirchhof; Renald schauderte heimlich zusammen. «Deine Schwester Gabriele», fuhr der Schloßwart fort, «hielt schon als Kind immer große Stücke auf mich, du weißt es ja; heut abend nun in der Verwirrung, ehs noch losging, hat sie in ihrer Herzensangst mir alles anvertraut.»

Renald zuckte an allen Gliedern, als hinge in der Luft das Richtschwert über ihm. «Nicolo», sagte er drohend, «belüg mich nicht, denn dir, gerade dir glaube ich.»

Der Schloßwart, seine klaffende Brustwunde zeigend, erwiderte: «Ich rede die Wahrheit, so wahr mir Gott helfe, vor dem ich noch in dieser Stunde stehen werde! – Graf Hippolyt hat deine Schwester nicht entführt.»

«Hoho!» lachte Renald, plötzlich wie aus unsäglicher Todesangst erlöst, «ich sah sie selber in Paris am Fenster in des Grafen Haus.»

«Ganz recht», sagte Nicolo, «aus Lieb ist sie bei Nacht dem Grafen heimlich nachgezogen aus dem Kloster.»

«Nun siehst du, siehst du wohl? ich wußts ja doch. Nur weiter, weiter», unterbrach ihn Renald; große Schweißtropfen hingen in seinem wildverworrenen Haar.

«Das arme Kind», erzählte Nicolo wieder, «sie konnte nicht vom Grafen lassen; um ihm nur immer nahe zu sein, hat sie, verkleidet als Gärtnerbursche, sich verdungen im Palast, wo sie keiner kannte.»

Renald, aufs äußerste gespannt, hatte sich unterdes neben dem Sterbenden, der immer leiser sprach, auf die Knie hingeworfen, beide Hände vor sich auf die Erde gestützt. «Und der Graf», sagte er, «der Graf, aber der Graf, was tat der? Er lockte, er kirrte sie, nicht wahr?»

«Wie sollt ers ahnen!» fuhr der Schloßwart fort; «er lebte wie ein loses Blatt im Sturm von Fest zu Fest. Wie oft stand sie des Abends spät in dem verschneiten Garten vor des Grafen Fenstern, bis er nach Hause kam, wüst, überwacht – er wußte nichts davon bis heute Abend. Da schickt er mich hinaus, sie aufzusuchen; sie aber hatte sich dem Tode schon geweiht, in seinen Kleidern Euch täuschend, wollte sie Eure Kugel von seinem Herzen auf ihr eigenes wenden – o jammervoller Anblick – so fand ich beide tot im Felde, Arm in Arm – der Graf hat ehrlich sie geliebt bis in den Tod – sie beide sind schuldlos – rein – Gott sei uns allen gnädig!»

Renald war über diese Worte ganz still geworden, er horchte noch immer hin, aber Nicolo schwieg auf ewig, nur die Gründe rauschten dunkel auf, als schauderte der Wald.

Da stürzte auf einmal vom Schloß die Bande siegestrunken über Blumen und Beete daher; sie schrien Vivat und riefen den Renald im Namen der Nation zum Herrn von Dürande aus. Renald, plötzlich sich aufrichtend, blickte wie aus einem Traum in die Runde. Er befahl, sie sollten schleunig alle Gesellen aus dem Schlosse treiben und keiner, bei Lebensstrafe, es wieder betreten, bis er sie riefe. Er sah so schrecklich aus, sein Haar war grau geworden über Nacht; niemand wagte es, ihm jetzt zu widersprechen. Darauf sahen sie ihn allein rasch und schweigend in das leere Schloß hineingehen, und während sie noch überlegen, was er vorhat und ob sie ihm gehorchen oder dennoch folgen sollen, ruft einer erschrocken aus: «Herr Gott, der rote Hahn ist auf dem Dach!» und mit Erstaunen sehen sie plötzlich feurige Spitzen bald da, bald dort aus den zerbrochenen Fenstern schlagen und an dem trockenen Sparrwerk hurtig nach dem Dache klettern. Renald, seines Lebens müde, hatte eine brennende Fackel ergriffen und das Haus an allen vier Ecken angesteckt. – Jetzt, mitten durch die Lohe, die der Zugwind wirbelnd faßte, sahen sie den Schrecklichen eilig nach dem Eckturme schreiten; es war, als schlüge Feuer auf, wohin er trat. «Dort in dem Turme liegt das Pulver», hieß es auf einmal, und voll Entsetzen stiebte alles über den Schloßberg auseinander. Da tat es gleich darauf einen furchtbaren Blitz, und donnernd stürzte das Schloß hinter ihnen zusammen. Dann wurde alles still. Wie eine Opferflamme, schlank, mild und prächtig stieg das Feuer zum gestirnten Himmel auf, die Gründe und Wälder ringsumher erleuchtend – den Renald sah man nimmer wieder.

Das sind die Trümmer des alten Schlosses Dürande, die weinumrankt in schönen Frühlingstagen von den waldigen Bergen schauen. – Du aber hüte dich, das wilde Tier zu wecken in der Brust, daß es nicht plötzlich ausbricht und dich selbst zerreißt.

Über tredition

Eigenes Buch veröffentlichen

tredition wurde 2006 in Hamburg gegründet und hat seither mehrere tausend Buchtitel veröffentlicht. Autoren veröffentlichen in wenigen leichten Schritten gedruckte Bücher, e-Books und audio-Books. tredition hat das Ziel, die beste und fairste Veröffentlichungsmöglichkeit für Autoren zu bieten.

tredition wurde mit der Erkenntnis gegründet, dass nur etwa jedes 200. bei Verlagen eingereichte Manuskript veröffentlicht wird. Dabei hat jedes Buch seinen Markt, also seine Leser. tredition sorgt dafür, dass für jedes Buch die Leserschaft auch erreicht wird.

Im einzigartigen Literatur-Netzwerk von tredition bieten zahlreiche Literatur-Partner (das sind Lektoren, Übersetzer, Hörbuchsprecher und Illustratoren) ihre Dienstleistung an, um Manuskripte zu verbessern oder die Vielfalt zu erhöhen. Autoren vereinbaren direkt mit den Literatur-Partnern die Konditionen ihrer Zusammenarbeit und partizipieren gemeinsam am Erfolg des Buches.

Das gesamte Verlagsprogramm von tredition ist bei allen stationären Buchhandlungen und Online-Buchhändlern wie z. B. Amazon erhältlich. e-Books stehen bei den führenden Online-Portalen (z. B. iBookstore von Apple oder Kindle von Amazon) zum Verkauf.

Einfach leicht ein Buch veröffentlichen: **www.tredition.de**

Eigene Buchreihe oder eigenen Verlag gründen

Seit 2009 bietet tredition sein Verlagskonzept auch als sogenanntes "White-Label" an. Das bedeutet, dass andere Unternehmen, Institutionen und Personen risikofrei und unkompliziert selbst zum Herausgeber von Büchern und Buchreihen unter eigener Marke werden können. tredition übernimmt dabei das komplette Herstellungs- und Distributionsrisiko.

Zahlreiche Zeitschriften-, Zeitungs- und Buchverlage, Universitäten, Forschungseinrichtungen u.v.m. nutzen diese Dienstleistung von tredition, um unter eigener Marke ohne Risiko Bücher zu verlegen.

Alle Informationen im Internet: **www.tredition.de/fuer-verlage**

tredition wurde mit mehreren Innovationspreisen ausgezeichnet, u. a. mit dem Webfuture Award und dem Innovationspreis der Buch Digitale.

tredition ist Mitglied im Börsenverein des Deutschen Buchhandels.

Dieses Werk elektronisch lesen

Dieses Werk ist Teil der Gutenberg-DE Edition DVD. Diese enthält das komplette Archiv des Projekt Gutenberg-DE. Die DVD ist im Internet erhältlich auf **http://gutenbergshop.abc.de**

FSC
www.fsc.org

MIX

Papier | Fördert
gute Waldnutzung

FSC® C083411

Zeitfracht Medien GmbH
Ferdinand-Jühlke-Straße 7
99095 Erfurt, Deutschland
produktsicherheit@kolibri360.de